암천루

암천루

1판 1쇄 찍음 2017년 3월 2일
1판 1쇄 펴냄 2017년 3월 9일

지은이 | 산수화
펴낸이 | 정 필
펴낸곳 | 도서출판 뿔미디어

편집장 | 문정흠
기획 · 편집 | 선우은지

출판등록 | 2002년 9월 11일 (제1081-1-132호)
주소 | 경기도 부천시 원미구 소향로 17번길(두성프라자) 303호 (우)420-864
전화 | 032)651-6513 / 팩스 032)651-6094
E-mail | bbulmedia@hanmail.net
비북스 | http://b-books.co.kr

값 8,000원

ISBN 979-11-315-7838-4 04810
ISBN 979-11-315-6313-7 04810 (세트)

암천루

⟨8⟩

산수화

신무협 장편 소설

차례

1.
음양술사(陰陽術士)

고아한 다향(茶香)이 방안을 알음알음 채워 나갔다. 그러나 향기는 좋지만 분위기는 썩 좋다고 보기 어렵다.

실로 오랜만에 만난 사제지간.

하지만 사제지간 사이에는 분명히 메워야 할 간극이 있었다.

스승은 제자에게 모든 것을 말해주지 않아 미안했고, 제자는 스승을 이해했으되 섭섭한 마음을 지워내지 않았다. 그래서 두 사람은 서로를 바라보며, 섣불리 입을 열 수가 없었다.

한옆에 앉은 신화단주 백단화는 가볍게 한숨을 내쉬었다.

무척이나 어색한 자리이지만 동시에 반드시 가져야만 할 자리이기도 했다. 자신이 굳이 낄 필요가 있을까 싶었으나, 또한 법왕교의 신화단주로서 안 낄 수도 없는 자리였다.

법왕교주, 적송의 입이 천천히 열렸다.

"얼굴이 많이 좋아졌구나."

농담인지 진담인지를 구분하기가 힘들다.

그러나 따뜻함이 가득 서린 말이기에 그것은 진담일 수밖에 없었다.

민비화는 스승의 말투 속에 깃든 놀라움도 놓치지 않았다. 일 년을 떨어져 있던 사제지간, 제자의 성장을 목도한 스승으로서의 대견함이었다.

결국 민비화는 피식 웃어버렸다.

"사부님은 여전하시네요."

"암. 나는 언제나와 같지."

편안하게 웃으며 내뱉는 한마디.

그것이 곧 두 사람 사이에 어색함을 모조리 물리쳐주었다.

언제나와 같다. 언제나 그 자리에 있을 것이며, 언제나 민비화의 스승으로 있을 것이다. 언제나 법왕교의 교주로 존재할 것이며, 지금까지 보여주었던 모습 역시 진실된 것들일 뿐이다.

한마디로 자신의 정체성과 상황을 정리해 버린 적송이었다.

민비화는 한숨을 쉬며 찻잔을 잡았다.

"너무하셨어요."

"미안하구나."

"그렇게 말씀하시면 또 할 말이 없고요."

"그래도 미안하다 말할 수밖에 없다. 너에게 거짓말을 한 적은 없지만, 알아야 할 것을 말해주지 않았으니까."

"제가 교주가 될 때 말해주려고 꾹꾹 묵혀두셨나 보네요."

"확실히 네가 교주가 될 준비가 되었다면 말해주었겠지. 아니, 이미 네가 먼저 깨달았겠지."

그렇다.

법왕교의 사대절학 중 주신문법과 법신장체를 이은 그녀였다. 두 가지 공부 중 어느 하나만 완성을 시켜도 교주의 직위를 받기에 부족함이 없을 터, 그만한 경지라면 신안(神眼)으로 파악할 수 있었을 것이다.

"결국, 저의 부족함 때문이군요."

적송은 아무런 대답도 해줄 수 없었다.

냉정한 말이지만, 그것이 곧 사실이기도 하기 때문이다.

민비화의 정신, 민비화의 성정이 비밀을 목도했을 때 온전하게 받아들일 만큼 성장이 되었다면 진즉 알려줬을 것이다. 하지만 일전의 민비화는 그만큼 성장하지 못했고, 결국 일은 이렇게 벌어지고야 말았다.

"다행히 천무대종 사백님께 잘 배운 모양이다. 크게 성장했어."

사백.

천무대종 소림신승 혜정 대사를 두고 사백이라 부른다. 민비화는 어색하게 고개를 끄덕였다.

"사백… 그럼 제게는 태사백님이 되시는 건가요?"

"물론 아니다."

"네?"

"분명 존경받아 마땅할 강호의 큰 어른이지만, 이

사부는 소림의 사람이었을지언정 너는 온전한 법왕교의 사람이다. 이전에 만났을 때와 같이, 하나의 분야에서 최고의 경지에 오른 세상의 어른으로 여겨주면 그만이다."

적송의 눈이 진지해졌다.

"네 눈에는 현실을 이겨내려는 강한 의지가 보인다. 하니 어쩔 수 없었다는 둥, 이 사부도 고뇌를 했다는 둥의 구구절절한 말은 하지 않겠다. 다만 이것 하나만큼은 명심했으면 한다."

"……."

"결코 중심을 잃지 마라."

"중심."

"그래. 중심. 이 스승이 말하지 않은 비밀은 있었으나 그것은 또한 어떤 부분에선 너와 하등 상관이 없는 문제이기도 하다. 지금까지 살아왔던 것처럼, 이 법왕교의 교주 제자이자 후계자인 민비화로서의 너 스스로를 잃지 마라. 너의 중심을 잃지 마라."

적송이 빙긋 웃었다.

"그러면 된다."

스승이 제자에게 내려주는 또 하나의 가르침.

참으로 얄궂고 얄밉지만, 결국 받아들이기로 작정한 민비화에게 있어서 적송의 가르침은 단비와 같았다.

생의 깨달음은 곧 도(道)로서 정립되는 법.

인도란 곧 무도이며 법도이다. 또한 어떤 사소한 것에서든 깨달음은 스며들 수 있는 법이다.

민비화의 두 눈에 은은한 금빛 광채가 어렸다.

느닷없이 내면으로 파고드는 민비화의 정신. 그러나 또한 그것은 필연과 같은 깨달음이었다. 스승을 보고, 정신적 성숙을 이루어, 마침내 온전한 나 자신을 찾게 되었으니 성장을 아니할 수 없는 법.

두 눈에서 흘러나오는 광채가 순식간에 전신으로 뻗어나가니 마치 황금으로 빚은 아리따운 여불상(女佛像)과 같았다.

적송은 웃으며 일어났다.

"우리 제자는 여기에 놔두고, 신화단주는 잠시 이 사람 좀 보세."

*　　　　　*　　　　　*

"자네도 마음이 복잡한가?"

차갑지만 고즈넉한 산바람을 맞는 두 사람이었다.

백단화는 고개를 숙였다.

"놀랐고 복잡했지만 저는 그저 법왕교의 사람일 뿐입니다."

확실히 민비화와는 반응이 다르다. 이루어낸 무의 경지가 있으니 곧 삶의 눈도 남다른 것이다. 적송은 환하게 웃었다.

"이해해 줘서 고맙네."

"아닙니다."

"한데 정말이지 놀랍군."

"예?"

"화아의 성장이야, 나 또한 기대하는 바가 있었네. 출중한 재목이지만 아직 완성되진 않았으니까. 하지만 자네마저 이리 성장할 줄은 몰랐는데 말이야."

백단화의 얼굴이 살짝 붉어졌다.

"과찬이십니다."

"이보다 더한 과찬이라도 마땅히 해주고 싶은 마음일세. 자네 정도만 되어도 한 계단을 올라서기가 무척이나 어려운 법이지. 한데 점진적인 성장을 이뤄내고 있구먼. 참으로 많은 것을 배운 모양이야."

"천무대종 어르신의 가르침이 컸습니다."

적송이 빙긋 웃었다.

"사백님의 가르침이라면 능히 그럴 만도 하지. 그러나 그 이외의, 자네를 자극시킬 만한 존재가 있었던 것 같네."

그런 것까지 보이는 걸까.

백단화는 눈앞의 교주의 능력이 진실로 천외천에 달했다는 걸 인정하지 않을 수 없었다.

"강 공자와의 대무(對武) 덕분이지요."

"강비, 그 아이를 말함이로군."

"그렇습니다."

"진정 놀랍다. 광룡왕의 소문이야 천하를 위진시키고 있으니 무력의 고강함을 능히 알 수야 있었다만, 정녕 자네와 대무를 할 만큼 대단하던가?"

백단화의 눈이 흐릿해졌다.

강비와의 대무를 떠올리는 것이다.

"무공의 천재. 실전의 화신. 이것이 제가 강 공자를 보며 느꼈던 모든 것입니다."

"그랬군. 백 단주의 말이 그렇다면야, 필시 대단한 사람이겠지."

적송의 입가에 미소가 어렸다.

흥미진진하다는 미소였다.

"천하에 뉘가 있어 그 어린 나이에 그만한 성장을 이뤄낼 수 있었을꼬. 저 화산에는 또 놀라운 기재가 있어 무제께서 직접 가르침을 내려주셨다고 하던데. 수십 년 만에 돌아온 중원에, 참으로 대단한 인재들이 나타났군."

"……."

"백 단주."

"네."

"백 단주는 그러지 않아도 되네."

"네?"

"백 단주는 충분히 자격이 되는 사람이야. 하니, 굳이 타인을 배려한답시고 마음을 숨기는 짓은 하지 않아도 될 것이네."

백단화의 고개가 푹 숙여졌다.

삼십이 훌쩍 넘은 나이임에도 참으로 아름다운 모습이었다. 적송은 하하 웃었다.

"백 단주의 이런 모습은 또 처음이로군. 이것 또한 성장이라면 성장이겠어."

백단화는 답지 않게 손가락을 꼬았다. 어쩔 줄을 모르겠다는 심정이다.

적송은 미소를 지우지 않고 저 하늘을 바라보았다.

"조만간 광룡왕이 이곳으로 올 걸세."

"강 공자가요?"

"아직 못 들었던 모양이군. 숭산 소림 방장과 무신 성주와의 연초 생사비무는 알고 있겠지?"

"네. 들어서 알고 있습니다."

"규칙이 바뀌었네."

"규칙이 바뀌어요?"

"두 거장의 싸움은 마지막 한판으로 몰아넣고, 그 전의 두 번의 비무를 더 넣기로 하였지. 즉 이번 생사결은 세 번의 비무결로 규칙이 바뀌었어."

백단화의 눈동자가 커졌다.

"소림 방장께서도 그것을……."

"사형께서 용인하셨지."

사형.

확실히 그에게 소림 방장 적인 대사는 사형일 것이다. 하지만 워낙 익숙하지 않은 호칭이다 보니 백단화는 당황할 수밖에 없었다.

"한 번의 비무는 중원에서 내보일 수 있는 최고의 패가 등장할 것이요, 또 한 번의 비무는 중원에서 내보일 수 있는 최고의 후기지수가 등장할 것일세."

　최고의 후기지수.

　백단화의 눈이 밝아졌다.

　"그래서 강 공자가 오는 거로군요."

　"그렇지. 지금쯤이면 연락이 닿았는지 모르겠어. 광룡왕은 거부하지 않을 걸세."

　백단화는 감탄을 금치 못했다.

　민비화에 대한 감탄이었다.

　민비화는 이곳으로 오면서도, 강비와의 만남을 예견했다. 정확한 날짜를 바라보진 못했지만 강비 정도의 경지를 구축한 고수와의 만남을 내다보았던 것이다.

　천재란 그와 같다.

　바라볼 수 없는 것을 보고, 닿을 수 없는 곳에 너무나도 당연하게 발을 디딘다. 지금의 민비화로서 볼 수 없는 곳을 그녀는 보고 있었던 것이다.

　하지만 백단화는 일순 주춤할 수밖에 없었다.

　"강 공자는 암천루의 일로 태산행을……."

　"태산에서의 일은 잘 마무리가 된 모양이야. 대혼주

가 목숨을 잃었으니."

"대혼주라면 초혼방의 일혼주를 말씀하시는 건가요?!"

"그러하네."

백단화의 얼굴이 놀라움으로 굳어졌다.

초혼방의 일혼주, 그 무시무시한 이름을 너무나도 잘 알고 있기 때문이다. 무공으로 비교하자면 가히 태산북두 소림, 무당 장문인과 비견될 수 있을 정도로 술법의 경지가 드높은 위인이 일혼주였다.

적송의 얼굴에 미소가 어렸다.

"암천루에는 참으로 인재가 많은 것 같아. 그것도 단순 무공으로는 천하제일을 논할 만한 무신(武神)이 무려 둘이나 있어. 그 두 사람만큼은 나도 잘 읽을 수 없지만, 필시 그중 한 명이 일혼주에게 큰 상처를 냈을 걸세."

"그렇군요."

적송의 눈이 깊어졌다.

"세상은 급변하고 있네. 새외 무림 세력들이 그리도 박살이 나는 와중이지만 그것 역시 결국 변화라 볼 수 있지. 세 번의 생사비무. 그걸로 이번 전쟁의 판도가 바뀔 것이네. 만일 이번 비무에서 중원 측이 승리한다면, 향후 삼십 년간 저들은 새외에서 어떠한 도발도 감행하지 않은 채 얌전히 있을 걸세."

"삼십 년."

"그렇지. 삼십 년. 길다면 길고, 짧다면 짧을 수 있는 세월이지."

어딘지 의미심장한 말이었다.

백단화의 눈이 스산하게 굳어졌다.

대놓고 기이한 기색을 풍기는 말이었다. 교주의 의향을 알아내는 건 어렵지 않았다.

"본교를 치겠군요."

"십중팔구 그럴 것일세."

혹여 새외 무림, 삼대마종이 이번 비무에서 승리를 한다면 그때부터는 무시무시한 난전이 벌어지게 될 것이다. 무척 살벌한 일이다.

하지만 중원 측이 승리를 해도 법왕교는 문제였다.

새외로 돌아간다면, 그쪽에서는 법왕교를 어떻게 해서든 찾아서 박살을 내버릴 것이다. 그리고 제아무리 법왕교의 힘이 강인하고 신비할지라도, 삼대마종이 작정하고 연수를 감행하면 밀릴 수밖에 없을 것이다.

"일단 본교의 모든 전력을 내가 아는 가장 안전한 곳으로 돌릴 생각을 했네. 한때는, 그렇게 생각했네."

"지금은 그리 생각하지 않으시군요."

"자네라면 어떻게 하겠는가. 양측의 생사비무 중, 어느 쪽이 승리해도 본교는 위험에서 벗어나기 힘든데."

백단화의 두 눈에 서릿발 같은 안광이 어렸다.

투지 넘치는 눈빛. 두려움이라고는 손톱만큼도 보이지 않는다.

"이쪽에서 선수를 쳐야겠군요."

적송의 눈동자가 빛났다.

"우리는 이미 그들과 다른 노선을 걷기 시작한 시점부터 양립할 수 없는 사이가 되었네. 삼십 년간의 휴전? 그 삼십 년간 본교가 세 문파의 공격에서 무사하리라 보는가? 결코 그럴 수 없지."

정확한 판단이었다.

"그렇다고 본교의 모든 전력을 중원으로 옮길 수도 없는 실정이네. 우리가 또 다른 분란의 씨앗이 될 수 있음을 떠난 문제일세."

적송과 백단화의 눈동자가 비슷해졌다.

강렬한 신광을 발하는 눈동자. 무인 특유의 고집이 서린 의지의 안광이었다.

"자존심이 걸린 문제지."

그렇다.

물러설 때는 물러설 줄 알아야 하지만, 지켜야 할 것은 무슨 수를 써서라도 지킨다.

그간 얌전히 웅크리고 있었던 것은 힘이 약해서가 아니었다. 분란을 조정하기 싫어서였고, 삿된 피를 흘리기 싫어서였다.

하지만 상황이 이렇게 되어버렸다.

어떻게 보면 이 또한 적송 때문이라고도 볼 수 있다. 혹은 중원 무림 때문이라고도 볼 수 있을 것이다.

그러나 지금은 그런 걸 따질 때도 아니고, 따질 필요가 없다.

"우리는 그들을 쓸어버려야만 하네."

부드러운 성정으로 일 처리에 막힘이 없던 적송이다.

그런 적송이 적송으로서의 성정을 잠시 내려두고,

법왕교주로서의 그 자신을 찾아낸다.

법왕교 역사상 최고의 천재로 젊은 나이에 사대비전을 완성시켰던, 교의 역사에 남을 최강의 군주로서의 그 자신으로.

"신화단주는 듣게."

위엄 가득한 법왕교주의 음성.

백단화가 그 앞에서 무릎을 꿇었다.

"하명하십시오."

"본교로 연통을 넣게. 지금부터 본교는 명왕분화체제(明王焚火體制)로 돌입하네."

불가에서 명왕이란 곧 악마를 불살라 버리는 존재들.

설법과 깨달음이 아닌, 불과 검으로 악마를 밟아 죽이는 존재들.

이는 곧 최고의 비상 체제와 같다.

"어린아이들과 무공을 모르는 이들을 제외하고, 본교의 모든 전력을 비밀리에 중원으로 침투시키게."

백단화가 고개를 숙였다.

"신화단주가 교주님의 명을 받듭니다."

*　　　　　*　　　　　*

　강비는 사모창을 잘 닦은 후 바닥에 꽂아두었다.

　옥인은 신기하다는 듯 사모창을 바라보았다.

　"대단한 병장기로군요."

　"음?"

　"신병이기라고 할 수는 없지만, 충분히 굉장한 물건입니다. 어쩐지 강 형에게 잘 어울리는 창이에요."

　강비는 피식 웃었다.

　"한 대장장이의 눈물과 한이 서린 노력의 결과물이지. 손에 안 맞으면 쓰나."

　무슨 말인지는 모르겠지만 분명 대단한 장인이 만든 물건일 것이다. 옥인은 연신 감탄하는 눈으로 사모창을 바라보았다.

　그런 옥인의 모습을 보며 강비는 퍼뜩 생각이 났다.

　"이봐. 잠시 여기서 기다려 봐."

　"예? 아, 예."

　강비는 그 길로 등효에게 달려갔다.

　전날 술을 얼마나 많이 퍼마셨는지 아직까지도 곯아떨어져 있다. 강비는 등효의 가슴을 찰싹찰싹 때려

댔다.

"등 형. 일어나 봐."

"으음……. 왜 그러시오?"

목이 확 잠겼다. 등효도 내공으로 술기운을 날리는
걸 아까워하는 인간인 것 같았다.

"신병이기 한 자루, 처분할 때가 된 것 같지 않소?"

피곤에 물든 등효의 두 눈이 순간적으로 번쩍였다.

하지만 곧이어 재차 이전의 피로를 되찾고야 만다.
정말 어지간히 마신 모양이다.

"검?"

"그렇소."

"저 구석에 있는 게 천라검이오. 가져다주시오."

강비의 눈썹이 살짝 올라갔다.

"어째 반응이 예상했다는 투인데?"

"옥인 그 사람, 보통 검예의 소유자가 아니던데? 그
나이에 나와 필적할 만한 무공이라면 거의 뭐 사기지.
그 정도 사기적인 인간이라면 신검도 잘 간수할 거요.
심성도 좋아보이더만."

어느새 파악하고 있었던 것 같다. 정말이지 덩치는
산만 한 주제에 눈치 하나는 기가 막히게 빠른 인간이

었다.

"게다가 화산무제께 가르침을 받은 인재라면 그것만
으로도 합격 아니겠소. 나 좀 더 잘라니까 얼른 갖고
나가시오."

대놓고 축객령이었다. 강비는 입맛을 다시며 천라검
을 갖고 나왔다.

"이봐, 옥인."

"예."

"받아."

마치 짐짝 던지듯 천라검을 던지는 강비였다. 옥인
은 얼떨결에 두 손으로 공손히 받아냈다.

"이게 뭐……."

순간 옥인의 눈이 번쩍 뜨였다.

검신 안에서 맥동하는 무시무시한 신기를 느낀 그
다. 굳이 그게 아니더라도 태산에서 암천루로 오며 이
검의 정체를 파악하지 않았던가.

"천라검?!"

"너 가져."

"예?"

"이제부터 네 거라고. 간수 잘하고 다녀."

옥인의 얼굴이 당황으로 물들었다.

"강 형, 하지만 이 검은……."

"어차피 자격이 되는 인간들에게 던져주라고 등 형이 그랬어. 옥인 정도라면 딱 자격이 되지. 부담스러워하지 말고 쥐어."

"아무리 그래도……."

강비는 귀를 후볐다.

"손에 안 익어서 그런가? 정 그러면 다시 등 형한테 주든지. 나는 용아창이 영 손에 안 잡혀서 반납하긴 했다만. 한 번 쥐어보기라도 하지 그래?"

옥인은 침을 꼴깍 삼키며 천라검을 씌운 천을 벗겨냈다.

휘황찬란한 신검의 자태. 압도적이라는 말로밖에 표현이 안 된다.

뻗어나가는 신기는 둘째 치고, 완벽한 균형미가 살아 움직이는 검이었다. 세상 천지에 이런 작품을 만들어낼 만한 사람이 있었다니, 믿어지지가 않을 정도였다.

홀린 듯 쥔 검을 바라보는 옥인을 보며 강비는 슬쩍 웃었다. 항상 겸손하던 옥인이 이런 모습을 보이는 것도 흔치 않다. 확실히 검사는 검사다.

"어때? 손에 잘 감기지?"

"물론입니다. 이 정도 신병이 손에 안 감기면 되겠습니까?"

자신이 무슨 말을 하고 있는지도 모를 것이다. 아예 눈이 몽롱한 것이, 정신이 나가도 단단히 나갔다.

강비의 얼굴에 음흉한 미소가 떠올랐다. 그는 한옆에 꽂혀있던 사모창을 뽑았다.

"자, 시작한다!"

부우웅!

급작스러운 공격이었다. 기습도 이런 기습이 또 없다.

뻗어나가는 창날에, 옥인의 천라검이 너무나도 유연하게 아래에서 위로 솟구쳤다.

쩌어어엉!

청아함을 한참 넘어서는 소음이었다. 퍼지는 소리가 심장을 울릴 정도로 크고 강렬했다.

신검(神劍)과 보창(寶槍)의 부딪침.

그것은 단순한 부딪침이되, 단순한 부딪침이 아니다.

강비는 창대를 쥔 손아귀로 올라오는 은은한 통증에 미소를 지었다.

"역시."

옥인은 당황한 얼굴로 강비를 바라보았다.

"이건?"

"어때? 검만 다른 걸 쥐었는데도 무공의 격이 달라지지?"

확실히 그렇다. 마치 검 스스로가 가장 이상적인 길과 적당한 힘을 뽑아내는 것만 같았다.

화아악.

한 번의 부딪침으로 스스로를 일깨웠는지, 천라검의 검신에서 뻗어 나오는 신기의 농도가 훨씬 짙어졌다. 새하얀 신기가 양쪽으로 날개를 펴는 느낌, 그야말로 대붕의 날개와 같았다.

한 명의 천재가 영웅의 검을 쥐니 장관도 이런 장관이 없었다. 그저 서서 기운을 퍼트리는 것만으로도 만인을 굴복시키게 할 만한 위엄이 서린다.

강비가 사모창을 다시 옆에 세워두었다.

"나도 용아창을 쥐었을 때 그랬지. 하지만 확실히 옥인은 남달라. 나는 창이 뿜어내는 신기를 통제조차 못해서 끌려 다니기 바빴거든."

용아창을 쥐었을 당시의 강비보다 지금의 옥인이 더 깊은 경지를 개척했다는 뜻이기도 하다.

옥인은 어색하게 고개를 저었다.

"과찬이십니다."

"그래서, 느낌이 어때?"

"느낌은⋯ 무척 좋군요."

"그럼 된 거야. 나는 용아창이 영 손에 안 쥐어졌지만 너는 쥐어지잖아. 그럼 앞으로 천라검은 네 거야. 등 형의 얼굴을 봐서라도 잘 쓰고 다녀."

이제는 어쩔 수 없다.

스스로를 속일 수도 없는 일 아니던가. 복잡하게 변했던 옥인의 얼굴이 어느새 평온을 찾았다.

"감사합니다."

"감사는 내가 아니라 등 형에게 해야지."

"그래도요. 강 형이 아니었다면 언감생심 어찌 이런 신물과 인연이나 닿았겠습니까."

"안 본 사이에 말빨이 제법 늘었군."

"사실이니까요."

역시 근본은 변하지 않는다.

"자, 새 검도 쥐었겠다. 이제 진짜로 한판 해볼까?"

"한 수 지도 부탁드리겠습니다."

"지도는 무슨. 내 창이나 잘라먹지 마라."

파악!

누가 뭐라 할 것도 없이 서로를 향해 짓쳐 드는 두 사람이었다.

언제 어느 때라도, 한시도 무(武)에서 벗어나지 않는 사람들. 서로를 바라보며 선의의 경쟁을 하니 두 천재의 경지는 절로 깊어질 수밖에 없다.

그렇게 두 사람은 실로 오랜만에 비무를 벌일 수 있었다.

*　　　　　*　　　　　*

"안색이 아직 안 좋은데?"

벽란의 얼굴은 창백했다.

산동에서 이곳까지, 빠른 속도로 이동은 했으되 절대 무리하지 않는 선에서 달렸다.

그럼에도 벽란은 아직 제대로 낫지 않은 모양이었

다. 육신의 내외상은 그런대로 빠르게 치유가 되었지만 상단의 기가 불안정한 느낌이었다.

벽란은 희미하게 웃었다.

"이번 싸움에서 상단전의 신기를 굉장히 많이 소모했어요. 무림인들의 내공심법과는 다른 원리로 움직이니만큼, 회복하는 데에도 시간이 좀 걸리죠."

상단전을 적극적으로 다루어 신화와 전설 속의 신력(神力)을 강림시키는 술사들이다.

물론 경지가 높지 않으면 그런 놀라운 일도 해낼 수 없지만, 정작 경지가 높았기에 본인의 한계 이상의 힘도 꺼내 쓸 수 있는 법이다.

강비는 가만히 팔짱을 끼곤 그녀를 바라보았다.

"굳이 드러내고 싶지 않다면 나도 캐낼 생각은 없어. 하지만……."

"괜찮아요."

애써 웃는 미소가 애달프다.

강비의 눈이 좁혀졌다.

지금의 그가 보는 벽란은 분명히 무리를 하고 있었다. 그것은 아마도 대혼주, 일혼주 반혼과의 전투에서 입은 충격 때문인 것 같았다.

상단전의 충격.

강비의 심안으로 보이는 벽란의 상태는 지극히 불안정했다.

색깔로 치자면 백색이요, 모양으로 치자면 도자기와 같았던 그녀의 기운이 흐릿한 안개처럼 모호하기만 했다. 당장이라도 흩어질 듯 위험한 전조를 드러내고 있었다.

벽란은 손을 저었다.

"정말 괜찮아요. 항상 이랬는걸요."

"그래?"

어쩌면 그럴 수도 있겠다는 생각이 들었다. 이전의 강비와 지금의 강비는 완전히 다른 인물이었으니까. 그때 보지 못한 것을 이제 와서 보고 있을 수도 있다.

"하지만 아무리 그래도 좀 심한데. 당장 나아질 기미가 보이지 않아. 분명 문제가 있는데."

"상단전을 한계 이상으로 증폭시켜서 그래요. 기운의 안정화를 위해서는 사나흘 더 시간이 필요할 거예요."

"그런가."

정 그렇다니 할 말은 없지만, 어쩐지 평소의 벽란과
는 다르다.

'뭔가 숨기고 있군.'

그 정도도 간파하지 못할 거라고 생각하는 모양이
다. 최대한 걱정을 끼치지 않기 위해 노력하는 모습.

강비는 고개를 끄덕였다.

때로는 어떠한 위험보다도 중요한 가치가 있는 법이
다. 벽란이 굳이 말하고 싶지 않다면…….

"이따가 밥이나 한 끼 하지."

"네. 쉬세요."

"쉬는 건 그쪽이 쉬어야지."

농담 같은 한마디를 내뱉고는 웃으며 나가는 강비
다.

벽란은 강비의 기척이 완전히 사라지자 숨을 몰아쉬
며 벽에 등을 기댔다.

'힘들어.'

머리 한구석이 지끈지끈거린다.

흔히들 한 번씩 겪는 두통과는 전혀 다른 종류의
아픔이었다. 수천 마리의 개미들이 두개골 안쪽에서
뼈를 갉아먹는 느낌. 그것도 어느 한 곳이 아니라 전

체를.

그녀의 등이 금세 축축해졌다.

주먹을 쥐었다 펴는데, 손가락 끝이 파르르 떨리고 있었다.

'후유증이 심각하다.'

일전, 반혼과 결전을 벌일 때 무리하게 발현시킨 절대술법, 축융강림술의 후유증이다.

폭사를 막기 위해 화력을 최소화시켰지만 축융강림의 술법은 그 자체만으로도 술사의 영력을 한없이 깎아먹는 강림술과 같았다.

평범한 상태였다면 어찌 이만큼의 타격을 받았겠는가. 술력이 충돌하는 곳에 빙천무(氷川舞)라는 과한 술법을 쏟아냈는데, 그것도 모자라 초고난이도 술법을 발동시켜서 이렇다. 안 그래도 무거운 돌을 들고 있는데 그 위에 바위를 얹은 꼴이다.

몸이 멀쩡할 수가 없다.

화르륵. 사박.

그녀의 두 손이 닿은 벽.

그 벽 한쪽에 일순 시뻘건 불꽃이 어리다 사라지고 다른 한쪽에는 서리가 끼었다.

단지 그 당시의 상황을 집중하는 것만으로도 잔존하는 술력이 화기와 빙기를 발산해 내고 있었다. 그만큼 벽란의 경지가 높다는 증거임과 동시에, 그녀가 스스로를 제어하지 못하고 있다는 뜻이기도 했다.

'집중하자. 집중하면 괜찮아질 거야.'

생각은 그러했지만, 벽란은 직감적으로 알 수 있었다. 이대로는 상황이 나아지지 않는다는 것을.

산동에서 이곳까지 오면서 얼마나 많이 영력을 다스렸는가. 그럼에도 이 이상의 치료가 되지는 않았다.

그녀는 연신 숨을 몰아쉬며 등효의 거처로 향했다.

등효는 눈을 끔뻑였다.

"빙백혼을?"

"네. 좀 빌려주세요."

천하의 신병이기를 손쉽게 빌리는 것도 참으로 신기한 광경이다.

제 거처로 돌아온 벽란은 빙백혼을 꺼내 두 손으로 검신을 쥐었다.

쩌저적.

어느새 그녀의 방안에 통째로 얼음이 끼었다.

서리를 넘어서 크기가 사람 주먹만 한 얼음들이 군데군데 끼었다.

극히 적은 양의 영력을 쏟았음에도 드러난 결과가 이렇다. 과연 북해의 마검, 팔한지옥을 품은 검이라더니 그 명성이 조금도 헛되지 않았다.

하지만 이런 검이라도 충분히 도움이 될 수 있다.

벽란은 눈을 감고 계속 빙백혼의 기운을 뽑아냈다. 신기의 힘을 받아 불안정한 상단전을 다스리려고 하는 것이다.

사라락.

그녀의 치료는 계속 되었다.

점심이 지나고 저녁이 지날 때까지, 그녀는 미동조차 하지 않은 채 빙백혼을 쥐고 앉아 있었다.

*　　　　*　　　　*

서문종신은 어깨를 휙휙 돌렸다.

"많이 나으셨군요."

"누가 또 일 시켜먹을 텐데 얼른 몸을 고쳐 놔야지 별수 있겠나."

비꼬듯이 말하는 그를 보며 진관호는 입맛을 다셨다.

"너무 그리 말씀하지 않으셔도 당분간은 쉬게 해드리겠습니다."

"그래. 좀 쉬자. 내 나이가 몇인 줄은 알지? 그간 어지간히 들들 볶은 게지. 말이야 바른 말이지, 그거 노동 착취나 다름이 없어."

무서운 말을 잘도 하는 서문종신이었다.

진관호는 서문종신 정도의 경지라면 나이에서 오는 피로와 노화에 거의 영향을 받지 않는 몸이라는 걸 모르지 않았다.

하지만 고생을 있는 대로 한 양반에게 그런 말까지 할 수는 없었다.

"어르신께서는 어떻게 하실 겁니까?"

"뭘?"

"여기서 쉬시겠습니까? 아니면 비아를 따라가시겠습니까?"

서문종신이 코웃음을 쳐댔다.

"미친 소리를 하고 계셔, 아주. 내가 거길 왜 가나? 또 어깨에 힘 좀 주는 인간들하고 얽히면 머리만 아프다. 생각만 해도 삭신이 다 쑤시네."

진관호는 입맛을 다셨다.

"알겠습니다."

"왜? 비아 그놈 혼자 보내려니 마음이 안 좋나?"

"근래에 어지간히 많이 박살이 났어야죠. 무혼조 중
에 이운, 하일상, 유소화 셋한테만 무슨 광명이 씌워
졌는지 걔넨 다치지도 않고 잘만 날뛰더만요. 유독 어
르신하고 비아 그놈만 위험해요. 강비 그놈, 일 년 전
에 개박살이 났다가 겨우 살아났잖아요. 이제 혼자 보
내기도 겁이 납니다."

"겁이 날 게 뭐가 있어. 이제 제법 건실하게 컸구
만."

"그래도 사람 앞날이 어찌 될지 모르는 거 아닙니
까."

"어이쿠, 아주 그냥 부모가 따로 없네. 그럴 거면
애초에 의뢰를 알려주지도 말지 그랬나."

진관호는 씁쓸하게 웃었다. 딴에는 서문종신의 말도
맞았다.

"그리고, 같이 보낼 녀석들은 많잖아?"

"많다고요?"

"왜 아니겠어? 덩치 큰 놈 하나, 눈 감고 빨빨 돌아다니는 여자애 하나. 같이 보내. 이번에 보니까 셋이서 아주 날아다니더구먼."

강비. 등효. 벽란.

확실히 범상치 않은 조합이다. 그들 세 사람이라면 세상천지 누가 무섭겠는가.

진관호는 가만히 머리를 굴리다가 고개를 끄덕였다.

"부탁은 해보겠습니다. 하지만 잘 모르겠네요. 그 두 사람은 본루 소속이 아니잖습니까."

"소속은 무슨, 이 정도면 이제 거의 식구지. 그간 퍼먹은 밥값, 술값 좀 하라고 그래."

"이번에 어르신 구하는 걸로 퉁 치기로 했습니다."

"퉁 치기는. 그것들이 나 덕분에 얼마나 컸는데? 루주, 계산이 옛날부터 영 이상해. 그렇게 살다가는 나중에 파산한다고. 사람이 계산은 똑바로 하고 살아야지."

사실 굳이 부탁이니 뭐니 안 해도 강비가 간다면 따라갈 사람들이라는 걸 모르지는 않았다. 그건 진관호도 서문종신도 알고 있었다.

다만 강비가 일에 묶인 몸이기에, 암천루 소속이기에 괜히 그들에게 미안할 뿐이다.

"하지만 벽 소저는 조금 곤란할 수도 있습니다."

"란아는 왜? 아!"

그곳 비무장에 누가 오기로 했었나.

삼대마종이 온다.

무신성주는 당연히 올 것이고, 어쩌면 비사림과 초혼방에서도 사람을 보낼지 모른다. 혹시나 초혼방에서 사람을 보낸다면 다소 불쾌한 사태가 벌어질 수도 있다.

"뭐 어때? 이미 초혼방 일혼주하고도 싸운 아인데. 어딜 가나 만나려면 만나게 되어 있어. 이왕 보내려고 작정했다면 자잘한 건 신경을 쓰지 마."

"그래야겠지요?"

"안 본 사이에 많이 쪼잔해졌는데? 어디 아픈가?"

진관호가 머리를 긁적였다.

"좀 마음이 심란합니다."

"그래야지."

"예?"

"그래야지. 나를 그런 사지로 던져놨으면 마음이 심란해야지. 그래야 사람이지."

한 번씩 이렇게 찌르고 들어올 때마다 정말 감당이 안 된다. 진관호는 나직이 툴툴거렸다.

"이제 그만 좀 하시면 안 됩니까. 조만간 어르신 머리카락만 보여도 피하겠어요."

서문종신은 낄낄댔다.

"어제 숨겨놓은 검남춘 안 꺼내놓은 벌이야."

"다 마셨다니까 그러시네."

"한 번 작정하고 뒤져 봐?"

"…피로 회복제라니까요."

"속일 사람을 속여. 어쨌든 비아 그놈 너무 신경 안 써도 될 게야. 같이 가는 위인들도 건실하잖아. 보아하니 옥인 그 청년도 따라갈 것 같은데."

진관호는 팔짱을 끼었다.

생각해 보니 맞는 말이다. 걱정할 필요가 없는 조합이었다. 강비 하나만 던져 놔도 어련히 알아서 할 거란 생각이 들었다.

'하지만 영 찝찝하단 말이지.'

암천루는 음지에서 벗어나 양지에서 개화를 하려 한

다.

이른바 암천루의 격변기라 할 수 있겠다. 이것저것 신경 쓸 것도 많고 마음이 무척이나 복잡했다. 신경을 안 쓰려 해도 하나하나 다 걸린다.

입맛을 쩍 다신 진관호의 눈이, 일순간 휙 돌변했다. 그리고 그것은 서문종신 역시 마찬가지였다.

파아악!

농담을 주고받던 두 사람의 신형이 그 자리에서 휙 사라졌다. 남은 것은 잔존하는 바람을 타고 날리는 서류 몇 장이 전부였다.

"이게 뭐야?"

두 사람이 도달한 곳은 벽란의 처소였다.

이미 그곳에는 강비와 등효, 옥인이 도달해 있었다.

무공, 기공에 대한 깊은 이해가 없다면 누구도 알아채지 못할 만큼 은밀한 파동이 이곳에서부터 흘러나오고 있었다.

한데 그 은밀한 파동, 극히 미세한 기의 농도가 상상을 초월했다. 그 어느 곳에서도 쉬이리 느껴지지 않는 신기(神氣)의 발현이다.

쩌저적.

흘러나오는 신기가 바닥을 스치자 스친 바닥에 서리
가 끼었다.

천천히 끼는 서리는 그 덩치를 불리더니 어느새 사
람 주먹만 한 얼음으로 덩치를 키웠다. 눈으로 보고도
믿기지 않는 기사였다.

강비는 고개를 저었다.

"들어가면 안 되겠군."

들어가선 안 되고, 애초에 들어갈 수도 없을 것 같
았다. 저 얼음, 퍼져 나가는 극한의 한기가 무공이 높
다고 방비할 수 있는 종류의 것이 아니었다.

진관호는 슬쩍 강비를 바라보았다.

"벽 소저한테 문제가 있었더냐?"

"응."

"뭐?!"

너무 평온하게 대답하니 오히려 주변 사람들이 놀라
버렸다.

강비는 침착한 얼굴로 답했다.

"상단전이 극도로 불안해진 것 같았어. 자신은 괜찮
다고 하더군. 하지만 내 눈에는 도저히 괜찮아 보이지
않았지. 아무래도 스스로 해결을 하기 위해 뭔가 수를

쓴 것 같은데."

강비의 눈이 등효에게로 향했다.

등효는 고개를 끄덕였다.

"나에게 빙백혼을 빌려달라 하였소. 들어보니, 아마 빙백혼의 신기로 상단전을 다스리려 했던 모양이오."

"그렇군."

서문종신은 어깨를 으쓱였다.

"신기가 폭주해서 그래."

이것 또한 장난처럼 말할 게 아니었다. 진관호의 얼굴이 흐려졌다.

"벽 소저, 괜찮을까요?"

"괜찮을 게야."

"어찌 그리 자신하십니까?"

"란아 그 녀석, 이전과는 이뤄낸 경지 자체가 달라. 그만한 그릇이 된다는 소리다. 자살을 선호할 만한 성격도 아닌데, 분명 수가 있었을 게야."

벽란을 정확하게 꿰뚫어보지 않고서는 이런 말이 나오기 힘들다. 하지만 말은 그리 했어도 서문종신 역시 걱정이 이는지 뒷짐을 진 손을 까딱였다.

어느 순간.

카아아앙!

한쪽으로 거대하고도 날카로운 얼음이 불쑥 솟아나며 지붕의 일각을 부쉈다.

안에서부터 뻗어 나오는 무자비한 광경이었다.

모두의 놀란 시선이 집중되는 사이.

카아앙! 카아아앙!

서너 개의 날카로운 얼음 기둥들이 제멋대로 방향을 잡아 튀어나오길 반복했다. 박살 난 지붕 파편들이 하늘을 날아다니고, 부서진 돌가루가 먼지처럼 휘날렸다.

사아악.

튀어나온 얼음 기둥 사이로 하얀 안개가 흘러나왔다.

"물러서!"

순식간에 벽란의 거처에서 삼 장 이상 물러난 이들이다.

흘러나오는 하얀 안개가 심상치 않았다. 보기만 해도 두 눈이 얼어버릴 것만 같은 냉기였다. 냉기가 안개로 화하여 넘실거리는 것이다.

이윽고.

화르르.

거대하고도 날카로운 얼음 기둥 안에서부터 새빨간 불길이 일었다.

기묘한 색채였다. 투명한 얼음들 사이로 뻗어 나오는 적색의 화염. 화려하기까지 한 붉은색의 폭발이 얼음들을 녹여가고 있었다.

강비의 눈이 좁혀졌다.

'빠르다.'

얼음이 녹는 시간이 엄청나게 빨랐다.

말 그대로 끓는 물 위에 눈덩이가 떨어진 것처럼, 엄청난 속도로 녹고 있었다. 눈 한 번 깜빡일 때마다 얼음 한 뭉텅이가 툭툭 떨어진다.

'이건 분명…….'

반혼에게 달려갈 당시.

그 먼 거리에서 느껴졌던 압도적인 화기(火氣)와 흡사했다. 아니, 똑같았다.

그 장소에 있던 모두가 눈을 부릅떴다. 그들 모두가 이 냉기와 화기의 정체를 확인할 수 있었다.

찰박.

얼음이 녹아 흐른 물이 어느새 일행의 발치에까지 도달했다. 뜨겁지도 차갑지도 않은 온도였다.

등효는 침을 꼴깍 삼켰다.

"빙백혼의 냉기는 천하제일. 그런 냉기로 생성된 얼음을 순식간에 녹여내 버릴 불꽃이라……. 어느 정도의 화기가 집중되어야 할지 짐작도 안 가는군."

강비가 나직이 중얼거렸다.

"축융……."

하절(夏節)의 신. 남해(南海)의 신.

그리고 불꽃의 신이다.

아주 잠시 뻗어 나온 불꽃이었다. 곧바로 사그라졌을 뿐이다. 그럼에도 빙백혼의 얼음을 녹이고, 목조 파편들을 재로 만들었다.

무시무시한 화력이었다.

그리고 반파된 건물 안에서.

벽란의 모습이 드러났다.

그런 무시무시한 냉기와 화기의 소용돌이 속에서도 머리카락 하나, 옷자락 하나 상하지 않은 모습이 신비롭다.

상서로운 백색 기류를 뿜어내는 그녀의 모습은 그야

말로 인세에 내려온 선녀와 같았다. 하늘을 향해 쳐든 고개와 펄럭이는 옷자락은 선녀만이 입을 수 있다는 비상(飛上)의 날개옷이었다.

벽란의 몸이 바닥에서 한 자 정도 떨어진 허공에 떠 있다가, 이내 천천히 내려섰다.

천천히 그녀에게 다가가는 사람.

강비였다.

"후우."

패왕진기를 극한까지 끌어 올리자 겨우 접근이 가능하다. 중화되지 않고 제멋대로 소용돌이치는 냉기와 화기가 연신 몸을 두들기고 있었다.

까딱 잘못하면 접근만으로 목숨이 날아가겠다.

"이봐."

벽란의 눈썹이 살짝 꿈틀거렸다.

"괜찮아졌으면 이제 그만 좀 하지. 이러다가 집 다 날아가게 생겼어."

언제나처럼 나른하고 침착한 목소리였다.

벽란의 눈꺼풀이 파르르 떨렸다. 눈을 감고 있지만, 강비는 그녀가 점차 제정신으로 돌아오는 중이라는 걸 깨달았다.

"…강 공자?"

"그래. 나야."

"이건?"

심안으로 주변 상황을 모두 파악한 그녀다. 벽란의 표정이 당혹스러워졌다.

"이게 무슨 일이죠?"

"나한테 물어보면 쓰나. 다 벽란이 저지른 일인데. 그나저나……."

강비의 눈동자에 적색 안광이 번쩍이다 사라졌다.

"엄청나군."

"네?"

"상단전 한 번 다스린답시고 빙백혼을 빌려가더니, 설마 빙백혼의 서린 음한기(陰寒氣)를 몽땅 빨아먹었을 줄은 생각도 못했다."

"그게 무슨?"

말을 끝맺지도 못하고 깜짝 놀라는 그녀다.

누구보다도 스스로의 상황을 잘 파악하는 벽란이었다.

'엄청난 힘!'

상단전을 다스리다 못해, 그릇을 이전보다 세 배는

확장시키고도 여력이 남아 중단전과 하단전까지 단단하게 다져놓은 그녀다.

쏟아지는 영력이 심안의 영역을 넓히고 연신 충격을 주며, 상단에 부담을 주던 축융의 화력을 잠잠하게 가라앉혔다.

"축하해."

무척이나 얼떨떨한 기색이다. 설마 하니, 스스로도 이런 일이 발생했을 줄은 상상도 못한 것 같았다.

등효는 입맛을 다시며 나뒹구는 빙백혼을 들었다.

아름답게 주조된 청백색의 빙백혼이 빛을 잃었다. 뿌리까지 신기를 빨린 빙백혼이다. 그 자체만으로도 충분히 보검이라 할 만하지만 이제는 빙백혼이라 불릴 이유가 없을 정도로 한 점의 신기를 드러내지 않았다.

"이런 결말도 나쁘진 않지."

주인도 없이 혼자 외로이 처박혀 있을 바에야, 한 사람의 성장을 위해 기운이 뽑혀나간 것도 나쁘지 않은 일이리라.

등효는 빙백혼을 그대로 옥인에게 던졌다.

이번에도 얼떨결에 빙백혼을 받은 그였다.

"천라검 수준으로 신기를 토해내는 이전의 빙백혼이었다면 모르겠지만, 지금의 빙백혼이라면 무리가 없을 거요. 옥인이 쓰시구려."

"아닙니다. 저는 천라검 한 자루만 해도……."

"여기서 검 쓰는 인간 없소이다. 그리고 이제 그거, 신검도 아니오. 정 부담스러우면 나중에 주인이나 찾아주시구랴."

등효의 말투에서는 언뜻 시원함마저 느껴지고 있었다. 처리해야 할 세 자루의 신병이기 중, 용아창을 제외한 두 자루 신검이 제 주인을 찾은 것이다.

옥인은 고개를 푹 숙였다. 감사하다는 말로도 이 감사함을 전부 표현하기 힘들 것이다.

서문종신은 입맛을 쩍 다셨다.

"하여간 운도 겁나게 좋구먼. 누군 수십 년 동안 죽을 똥을 싸서 이 자리에 올랐구만, 누구는 신병이기에 잠자고 있던 신기만 쪽 빨아먹고 성장하는 거 봐봐."

진관호는 피식 웃었다.

"이래서 힘에도 인연이라는 말이 나오는 게지요. 나이도 자실대로 자신 분께서 너무 질투하지 마십시오."

"젠장, 너무 아쉬워서 그래."

말은 그리 했어도 서문종신의 눈동자는 따뜻했다. 벽란이 힘을 얻은 것을 진심으로 축하해 주는 그였다.

벽란은 등효에게 고개를 숙였다.

"등 대협. 죄송해요. 이럴 줄은 몰랐는데……."

"뭘 사과까지 하고 그러시오? 이게 곧 이 검의 운명이었나 보오. 벽 소저가 그만큼 성장을 했으니, 어디 괴상한 마도 집단에 들어간 것보단 천배 만 배 나은 결과지."

시원시원한 성격답게 등효는 손사래를 쳤다.

"다만……."

"네?"

"혹시 신병이기에서 기운 빼내는 거 나한테도 좀 알려줄 수 있소? 이거야 원, 같이 다니는 사람들 수준이 너무 높아졌어. 나도 용아창에 서린 신기 좀 빼먹읍시다."

탐욕으로 얼룩진 등효의 눈동자다. 탐욕으로 포장된 농담이었지만 그것이 무척이나 음습해 보인다. 정말 그럴 수 있다면 그러고 싶은 모양이다.

그 모습을 보며 모두가 한바탕 폭소를 터트렸다.

모두의 축하를 받으며 성장한 술사였다. 비록 의도치 않은 성장이었지만 또한 폭발적인 성장을 이루어낸 벽란이었다. 앞으로 얼마나 다스리느냐에 따라 다르겠지만, 가히 천하제일을 논할 만한 술법사가 될 발판을 마련한 셈이다.

그렇게 암천루 본진 안에서, 천재 술사의 힘이 개화하고 있었다.

*   *   *

삼혼주는 목을 가다듬고 옷을 곱게 여민 뒤, 천천히 문을 열었다.

위이잉. 쿠웅.

거대한 돌을 깎아 만들어진 문이다. 높이만 이 장에 달하는 거대한 문이 삼혼주의 손짓에 따라 묵직한 소음을 내며 열리고 있었다.

쿠구구궁.

바닥에서 돌가루가 확 퍼졌다.

삼혼주는 열린 문 사이로 천천히 걸어 나갔다.

문 내부는 무척이나 어두웠다. 저 머나먼 곳에서 빛나는 불빛이 아니라면 잘 걷지도 못할 만큼의 어둠이었다.

'스산하군.'

등허리에 소름이 오소소 돋았다.

언제나 그랬다. 이 불쾌하기 짝이 없는 장소에 들어설 때면 발가벗겨진 채로 차가운 호수를 걷는 기분이었다. 차갑고도 차가운 느낌, 인간의 원초적인 감정을 자극하는 불길함이었다.

쿠구구궁.

손도 대지 않았거늘 커다란 석문이 닫히기 시작했다.

삼혼주는 호흡을 가다듬었다.

저 안에는 '괴물'이 있다. 한참이나 멀리 떨어진 거리다. 애초에 어떠한 술법도 통과하지 못하는 봉인 술법진이 몇 겹이나 쳐져 있음에도, '괴물'은 그것을 뚫고 상상을 초월하는 무게의 석문을 닫아버린 것이다.

허공섭물도 정도가 있는 법이다. 하물며 술사가 봉인진을 뚫어버리고 이만한 석문을 닫아버릴 정도라면 이미 사람이 아니다. 사람이라면 이럴 수가 없다.

저벅저벅.

봉인술법진과 거리가 좁혀질수록 삼혼주의 발걸음이 커져만 갔다.

저절로 술력이 봉인되는 것이다. 넘쳐 나는 영력조차 단단하게 고정되어 흘러나오지 못한다. 술법의 근본, 상단전의 신기에까지 영향을 주는 진법이었다.

'정말이지…….'

막상 이곳에 또다시 오니, 이 문 너머에 있는 존재가 얼마나 상식을 초월하는 괴물인지 실감하게 된다.

그는 천천히 무릎을 꿇었다.

"삼혼주가 모든 혼주들의 주인, 마혼주(魔魂主)이시자 살아 있는 신(神)을 영접코자 합니다. 부디 신께서는 허하여 주시옵소서."

어두운 통로 속으로 삼혼주의 비장한 목소리가 퍼져 나갔다.

얼마나 지났을까.

쿠궁.

동굴의 끝, 화섭자가 걸린 벽에 기이한 도형이 생겨나더니 이내 첫 번째 돌문처럼 서서히 열리기 시작했다.

　삼혼주는 한 번 더 절을 하고는 공손하게 일어섰다.

　'흡!'

　그의 눈동자가 찢어질 듯 부릅뜨였다.

　열려진 돌문 안쪽에서 흘러나오는 기이한 악취.

　악취는 악취이되, 너무나도 황홀한 향기였다. 공포를 자극하는 향기였으되, 너무나도 유혹적인 향기가 흘러나오고 있었다.

　그것은 죽음의 향기였으며 또한 힘의 향기였다.

　삼혼주는 그 자리에서 무릎을 꿇었다.

　그의 눈이 순식간에 돌문 안쪽, 곳곳을 훑었다.

　인간의 잔재들이 널려 있었다. 살아있는 인간이 아닌, 죽은 인간들의 잔재가.

　'늘었다. 반년 전보다 더.'

　그야말로 상식을 초월하는 광경이었다. 어두운 내부 곳곳에, 부스러진 뼛조각과 입을 떡 벌린 채 목내이처럼 마른 시신들이 엄청나게 쌓여 있었다.

　마치 생명 그 자체를 빨린 것처럼.

　뼈와 근육이 다 드러날 정도로 마른 시신들의 눈동자에는 사후임에도 추측하기 힘들 만큼의 공포가 서려 있었다.

그리고 삼혼주는 그 수많은 시신들 중 하나를 보며, 충격에 빠질 수밖에 없었다.

'벌써!'

승복인지 도복인지 알 수 없는 펑퍼짐한 백색의 옷.

생전에는 아리따웠을 것이 분명한 얼굴이 공포로 한껏 일그러져 완전히 삭아버렸다. 입을 쩍 벌린 목내이 시신에서는 죽음의 향기가 풍겨 나오고 있었다.

삼혼주는 눈을 감아버렸다.

'육혼주……'

십대혼주 중 서열 여섯 번째의 혼주.

그 혼주가 '괴물'의 희생양이 되었다.

"셋째가 왔구나."

오싹한 한기가 느껴지는 말투였다. 삼혼주의 이마가 땅에 닿았다.

"삼혼주가 신을 영접함에, 삼생에 다시없을 영광이옵니다."

"그리 격식을 차릴 것 없느니라."

목소리가 들려올 때마다 몸에 힘이 빠진다.

우렁우렁한 남성의 목소리가 아니기에 더욱 소름이

끼치는 목소리. 너무나도 아름다운 여성의 목소리이기에 더 기괴한 공포를 자아내는 목소리였다.

"얼마나 지났느냐?"

"…반년이 지났습니다."

"반년? 고작 반년이 지났을 뿐인가?"

고작 반년이라.

그렇다. '괴물'에게 반년은 평범한 사람들이 느끼는 반년과는 전혀 다를 것이다. 수백 년 동안 떠돌아다니던 영(靈)에게는 시간의 흐름 따위 별다를 것도 없을 것이다.

"점점 눈을 뜨는 시간이 짧아진다. 일전 몇 번의 생을 거쳐 왔지만 이랬던 적은 없었어. 분명 뭔가 잘못되어가고 있는데 파악이 안 된다. 참으로 흥미로워."

삼혼주는 다시 한 번 공포로 심장이 조이는 느낌을 받았다.

해석하지 못한 문제를 앞두고 사람은 누구나 흥미를 느낄 수 있다. 하지만 그 문제가 스스로의 죽음과 관련이 있다면 흥미보다 공포를 느껴야 한다. 그게 당연한 것이다.

그럼에도 '괴물'은 흥미롭다 하고 있었다. 진심으

로.

저 '괴물'에게는 그 스스로의 죽음마저도 한바탕 유희에 불과한 것 같았다.

"신마주(神魔珠)가 어디로 소실되었는지는 아직 밝혀지지 않았나?"

삼혼주가 고개를 숙였다.

"마기의 경로가 끊어진 것이 반년 전과 같습니다. 아무래도 선공(仙功)이 극에 이른 자가 개입했다는 추측이 맞는 듯합니다."

"그렇겠지. 그것도 신마주의 마기를 소멸시킬 정도의 선기(仙氣)라면 가히 반선(半仙)이라 불릴 만한 강자가 되어야겠지. 어쩌면 나의 빠른 깨어남도 신마주와 연관이 있는 건지 모르겠구나."

삼혼주는 침을 꿀꺽 삼켰다.

선공이 극에 달하여 인간의 몸으로 반선의 경지에 달한 자.

화산무제, 천무대종.

당장 생각나는 이름은 그 둘뿐이었다. 어쩐 일인지 속세의 일에 개입하고 있지는 않지만, 신마주 정도의 마물이라면 두 사람 모두가 개입했다 해도 무리는 아니리라.

"이왕 이렇게 일어났으니 별수 없는 일이지. 부방주는?"

"비문(秘門) 바깥에 있습니다. 신께서 거하시는 장소 근처의 외기(外氣)를 끊임없이 차단하는 중입니다."

"부방주의 노고가 실로 만만치 않도다. 항상 녀석에게는 수고를 끼치는구나."

"본방의 모든 술사들이 신을 위하여 일하고 있사옵니다. 부방주 역시 영광된 임무에 수고라 생각지 않을 것입니다."

"막내는 잘 있더냐?"

"······!"

느닷없이 훅 치고 들어오는 질문.

막내.

삼혼주는 한차례 질끈 눈을 감았다가 떴다.

제자이지만 동시에 막내라 불리는 이. 삼혼주는 그 막내가 누구인지 너무나도 잘 알고 있었다.

그래서 겁이 났다.

반년 전에는 묻지 않아 차마 애기를 하지 못한 사실

을 이 자리에서 '괴물'에게 말해야 하는 스스로의 처지가 한스러웠다.

"십혼주는… 현재 본방에 없습니다."

"다른 곳이 볼일이 있는가."

"아닙니다."

"하면?"

"십혼주는, 본방을 배신하고 군신(軍神)에게 몸을 의탁했습니다."

화아아악!

"크윽!"

삼혼주의 몸이 뒤로 확 날아가며 돌문에 부딪쳤다.

뒤통수가 얼얼하다 싶더니 뒷목으로 뜨거운 액체가 흘러내렸다.

피였다.

"머리가 어지럽구나. 아직 온전하게 일깨워지지 않았다. 네가 무슨 말을 하고 있는지 이해가 안 된다. 설명하라. 막내가 본방을 배신했다고?"

"그, 그렇습니다."

"군신에게 몸을 의탁했다고?"

"…그렇습니다."

"네가 말한 군신이, 음양신(陰陽神)이 예언했던 그 파천의 군신이 맞느냐?"

"쿨럭. 그렇습니다."

우웅.

삼혼주는 본능적으로 눈을 질끈 감았다.

저 기이한 어둠 속에서 번뜩이는 핏빛 안광을 마주할 자신이 없었다. 어떠한 것도 보이지 않는 어둠에, 두 개의 혈광만이 떠다니는 광경은 무시무시한 공포를 자아내고 있었다.

"막내가 알아차린 것이로군."

"……."

"언젠가 내 먹이가 될 것을 알아차린 게야."

"……!"

삼혼주의 얼굴이 침중하게 굳어졌다.

혼주의 이름은 곧 초혼방의 최고위 간부를 뜻하나, 동시에 거부할 수 없는 운명의 끈으로 묶인 공양미와 다를 바 없었으니.

일혼주부터 삼혼주까지는 마혼주의 최측근으로 그를 보필하나, 사혼주부터는 사정이 다르다.

그들은 마혼주의 먹이였다.

강대한 술력을 쌓아둔, 그래서 어떠한 먹이보다도 맛나고 풍성한 영양을 제공할 마혼주의 식사였다.

"아니면… 내가 제 부모를 죽인 걸 알아차렸을까?"

재미있다는 듯 중얼거리는 '괴물'.

삼혼주는 침을 꿀꺽 삼켰다.

그 역시 십혼주, 벽란이 왜 초혼방을 배신했는지 이유를 모르고 있었다. 하나 지금 이 '괴물'의 중얼거림을 듣고 충분히 배신할 만한 이유가 있었음을 깨달았다.

어느 쪽이든 벽란은 알아차렸던 것이 틀림이 없었다. 둘 중 하나의 이유만으로 배신할 이유는 충분했다.

복수심이든 배신감이든.

혹은 그 전부이든.

벽란이 이쪽을 향해 칼끝을 돌린 데에는 이유가 있었다.

"상관없겠지. 그래, 막내가 군신에게 몸을 의탁하였다고 했지?"

"그렇습니다."

"흥미롭군. 파천의 군신, 저 북방에서 격정을 몰고 온 이. 이 초혼신(招魂神)의 목숨을 빼앗을 유일한 존재라 하였던가."

이런 걸 기억하고 있는 줄은 몰랐다.

마혼주, 초혼신은 쓸데없는 기억들은 모조리 소거하는 괴물이었다. 쓸모없다고 판단이 되면 제자의 존재조차도 기억에서 지워 버리는 존재가 초혼신이었다.

한데도 군신이라는 존재와, 그 군신이 행할 훗날의 미래에 대해서는 소거를 시키지 않고 있었다.

초혼신과 함께 술법 이계에서 신으로 추앙받는 음양신의 예언이니만큼, 초혼신 역시 촉각을 곤두세우고 있었던 모양이다.

"재미있다. 재미있어. 그래. 파천군신의 예언. 어디한 번 그만한 천운을 타고 난 놈인지, 얼굴이라도 한번 보고 싶구나."

"신께서 원하신다면, 지금 당장이라도 저희가……."

"아니, 되었다."

쿠궁.

삼혼주의 몸이 땅으로 떨어졌다.

내부가 뒤집어질 것 같은 통증에도 삼혼주는 재빠르게 자세를 바로 하여 엎드렸다.

"굳이 너희들이 고생하지 않아도 된다. 아직 완전하지 않으나, 이왕지사 이리 깨어났는데 내 어찌 너희에게만 수고를 끼치랴."

"그 말씀은……?"

"묵계주를 가져오라."

어둠 속에서 핏빛 안광이 번뜩였다.

"막내의 기를 찾아, 그 군신의 얼굴을 한 번 보아야겠다."

2.
강림혼주(降臨魂主)

강비는 떨떠름한 얼굴로 술병을 들었다.

"이게 뭐야?"

"가는 길, 목마를 때 마시라고."

진관호의 얼굴은 진지했다.

강비의 얼굴도 절로 진지해졌다.

"루주."

"왜?"

"줄려면 좋은 놈을 주지, 싸구려 백주를 주면서 목마를 때 마시라고? 그냥 다른 데 들러서 사 마시면 될 걸?"

"돈도 없는 놈이 무슨."

"돈을 주면 되잖아. 임무 경비."

"경비는 무슨. 저쪽에서 마차까지 대동해서 직접 모셔간다잖아. 게다가 이건 암천루에게 온 의뢰가 아니라 너 개인에게로 온 의뢰다. 내가 뭐하러 네 개인사에 경비까지 딸려 주겠냐? 안 그래도 자금 딸리는구만."

"막 가자는 거지 지금?"

진관호는 사모창을 고쳐 쥐는 강비를 보며 하하 웃었다.

"농담이야, 인마. 자식이 살벌하기는. 성격 좀 개조했나 싶더니 여전하구만. 자, 여기 있다."

덜렁 던져 주는 금낭이 꽤나 묵직했다.

강비는 빙긋 웃으며 금낭을 품에 넣었다.

"그리고 그 술병은 가져가. 그냥 싸구려 백주는 아니니까."

"백주 냄새가 폴폴 나는데 뭘 백주가 아니야."

"하여간 개코가 따로 없다니깐. 백주 마신 통에다가 뭣 좀 넣은 거야. 하긴, 술맛이 좀 섞이긴 하겠군."

"뭔데?"

"설삼주(雪蔘酒)."

"설삼주?"

"특별히 담근 거다. 가면서 마셔."

강비의 눈동자가 빛났다.

"그냥 설삼은 아닌 것 같은데? 몇 년 된 거야?"

"삼사백 년 묵은 거."

뜻밖에도 진관호의 눈동자는 진지했다. 농담이 아니라 진짜였다.

"그렇게 귀한 설삼을 담갔어?"

"천년 묵은 설삼을 담글 순 없잖아. 그런 건 생으로 씹어야지."

"말하는 꼬라지를 보니까 천년설삼도 한 뿌리 있는 것 같은데? 아니, 근데 삼사백 년 묵은 설삼도 그냥 씹어야 정상 아니야? 미쳤다고 술로 담갔어?"

말이 삼사백 년이지, 그 정도 묵은 설삼이라면 보물도 그냥 보물이 아니다. 어지간한 영약에 필적할 만한 효능이 있을 것이다.

그런 설삼을 술로 담갔다니, 기가 막힌 일이다.

"이번 의뢰는 꽤 위험할 거다."

"언제는 안 그랬나. 새삼스럽게 원."

"그런 예감이 들어. 아마 이전의 의뢰들보다도 훨씬 혹독한 길이 될 거다."

시종일관 진지한 얼굴로, 진관호는 그리 말했다.

그는 그럴 것 같다가 아니라, 그런 예감이 든다고 말했다. 강비의 나른한 얼굴도 점차 굳어질 수밖에 없었다.

작정한다면 수백 합의 멋진 비무를 나눌 수 있겠지만 아직 강비는 진관호가 내딛은 경지를 밟지 못했다. 그 말인즉, 진관호가 보는 것을 아직 강비는 보지 못한다는 뜻이다.

"서문 어르신도 그리 말씀하시더군."

결정타였다.

서문종신과 진관호가 예감이 좋지 않다고 말한다. 그렇다면 분명 뭔가 일이 터질 것이다.

그 정도 경지에 오른 자들은 세상을 바라보는 안목이 다르고, 세상의 풍상을 읽어내는 해석력도 다른 법이다. 두 사람 모두 무력의 정점에 오른 자들이니만큼, 결코 그냥 넘겨서는 안 될 말이었다.

"그럼 노친네도 좀 같이 보내지 그래?"

"그럴 순 없지. 서문 어르신께는 다른 의뢰가 주어
질 거다."

"어지간히 굴려먹는군."

"안 그래도 날 죽이려는 걸 겨우 피했다. 이번엔 위
험했어."

농담과 진담을 번갈아가며 대화를 채운다.

"그래서 설삼주를 주는 건가? 애도의 길이 되라
고?"

"지랄 말고, 가면서 조금씩 마셔. 설삼의 효과를
극대화하는 약초와 배합했다. 갑작스러운 내공 증진
은 너에게 별 효과가 없어. 천천히, 몸의 상태를 최
상으로 이끌어라. 혈맥을 굳건하게 만드는 데에 탁월
한 효능이 있을 거다. 사실 말이 설삼주지 술도 아
냐."

지금의 강비 정도라면 어지간한 영약 따위는 몸에
들지도 않는다. 이미 기의 순도가 극한에 다다라서 먹
어봤자 몸에 좋은 보약 정도의 효능을 얻을 수 있을
뿐, 대단한 내공 증진은 없을 것이고 또한 내공 증진
할 필요도 없다.

강비는 술병을 봇짐에 넣었다.

"감사히 마시지."

"명심해라. 항상 육신을 최상의 상태로 이끌어야 해. 언제 어떤 위협이 튀어나올 줄 모른다. 알겠어?"

"너무 겁주지 마. 안 그래도 불안한데."

"불안하고 또 불안해해라. 긴장하고 또 긴장해야 해. 정말 느낌이 안 좋단 말이다."

"젠장, 의뢰를 받기 전에 말하지."

"그게 문제다. 의뢰를 취소한들 그 위협이 사라지지 않을 것 같아."

강비의 눈이 스산해졌다.

"내가 이곳에 남으면, 앞으로 떨어질 위협이 암천루에 타격을 줄 수도 있다는 뜻인가?"

"정확하게는 알 수 없어. 내가 무슨 점쟁이도 아니고. 다만, 이미 의뢰를 수락했으니 흘러가는 대로 일을 처리하는 게 좋다고 생각한다. 내 생각은 그래."

"하긴, 중간에 안 한다고 배 째는 건 또 우리 방식이 아니지."

"명심해. 긴장해야 한다는 걸."

"귀에 인이 박히겠네. 알았어. 어쨌든 이제 나 출발

한다."

"그래."

천천히 암천루의 문을 나서는 강비다.

그의 뒷모습을 보며 진관호는 한숨을 내쉬었다.

자꾸 강비가 위험한 길을 가는 것 같아서 마음이 안좋았다. 물론 이번 의뢰는 강비 개인에게 온 의뢰였지만 결국 그 자신도, 강비도 모두가 암천루의 사람이다.

'조심히 다녀와라.'

어떻게든 살아서 올 놈이다. 너무 걱정만 하는 것도 강비의 자존심을 상하게 하는 일이 되리라.

진관호는 쓸쓸하게 등을 돌렸다.

"또 따라오나."

고아한 자태의 벽란은 이미 모든 준비를 마친 것 같았다. 아리따운 궁장에 신비로운 분위기, 이전의 그녀와 또 다른 술법의 대가가 여기에 있었다.

벽란의 뒤에는 등효가 휘파람을 불며 뒷짐을 지고 있었다. 어떻게든 따라갈 태세다.

그 옆에 옥인은 총 세 자루의 검을 메고 있었다.

허리춤에 천라검과 매화검. 그리고 천으로 돌돌 맨 빙백혼을 등 뒤에 메었다.

옥인은 살짝 미소를 지었다.

"어차피 그곳에 가면 저희 사문의 어른들도 계실 겁니다. 일 년 동안 찾아뵙지 못했으니, 겸사겸사 뵈러 가야지요."

뭔가 속은 듯한 느낌이 들었지만, 이유 하나만 보면 옥인은 확실히 동행할 이유가 있었다.

등효는 휘파람을 불다가 강비의 시선을 이기지 못하고 목을 몇 번 긁었다.

"무신성주가 온다고 하지 않소? 알다시피 본문은 무신성주와 오랜 인연이 있소. 비록 내 실력이 부족해서 덤벼들진 못하겠지만 낯짝 정도는 봐야 하지 않겠소?"

이 또한 뭔가 속은 느낌이지만, 충분히 함께할 만한 이유가 된다. 대산무문은 대대로 무신성주와 한판 승부를 벌였던 은자들의 문파였다. 당대 장문인인 등효가 무신성주를 보러 간다는 게 어색하진 않다.

강비의 눈이 최종적으로 벽란에게 닿았다.

벽란은 그저 미소를 짓고만 있었다. 신비로운 아름

다움을 품은 그녀의 미소는 그것만으로도 이유였고, 증명이 되었다.

"뭐, 심심하진 않아서 좋겠구만."

그는 사모창을 어깨에 대었다.

"그래, 가봅시다. 나중에 피 봐도 난 책임 안 져."

"언제는 우리가 피 안 봤나."

그렇게 네 사람은 시시덕거리며 길을 나섰다.

훗날 정중사마(正中邪魔)의 절대강자로 칭송받게 될 네 천재들의 행보, 이른바 사왕(四王)이 용곤문 사태 이후 처음으로 함께 걸어 나가는 난세였다.

한 자루 신검으로 숱한 민초를 살리고, 만 명의 악인들을 베어낸 정검(正劍), 검신(劍神)의 천라무왕(天羅武王).

두 주먹으로 무문(武門)의 절대 기치를 세운 중원 권맥의 정점, 권신(拳神)의 대산천왕(大山天王).

극에 이른 신통력과 부적술로 요신(妖神)의 이름을 부여받은 천사여왕(天邪女王).

가장 먼저 스스로의 가치를 증명한 자비 없는 마협(魔俠), 군신(軍神)의 광룡왕(狂龍王).

네 명의 절대고수들이 나아가는 피비린내 나는 혈로

의 시작이었다.

＊ ＊ ＊

"광룡왕을 뵙습니다."

쩌렁쩌렁하게 외치며 고개를 숙이는 두 명의 남녀들.

한 명은 허리춤에 푸른색 검을 찬 약관의 청년이었고 한 명은 붉은색 날렵한 도를 찬 방년의 처자였다.

강비는 고개를 갸웃거렸다.

"누구시오?"

그중 청년이 한 걸음 앞으로 나서며 말했다.

"저는 천의맹 소속, 남궁가의 남궁효(南宮曉)라 합니다."

"저는 천의맹 소속, 하북팽가의 팽이화(彭梨花)라고 해요."

두 사람 모두 당금 오대세가, 주축이라 할 수 있는 남궁가와 팽가의 자식들이었다.

강비는 고개를 끄덕였다.

"한데 여기는 왜?"

"천의맹에서 마차를 준비했습니다. 마차에 오르시지요. 숭산까지 평안한 여행이 될 수 있도록 최선을 다하겠습니다."

어째 말하는 게 무사가 아니라 장사꾼 같은 느낌이다. 마차를 타는 데에도 돈을 내야 될 것 같은 기분이다.

강비는 어깨를 으쓱였다.

"알겠소. 내 일행이 있는데, 괜찮겠소?"

남궁효가 빙긋 웃었다.

"마차는 넓습니다, 대협."

대협이라.

참으로 근질거리는 호칭이다. 강비는 진저리를 치며 걸어 나갔고 능히 그 마음을 아는 세 사람은 웃으며 그를 따랐다.

조금 더 걸어가자 관도 한 옆으로 마차 한 대가 드러났다.

"허……!"

무슨 마차가 집채만 하다.

비유가 아니라 정말 그렇다. 엄청나게 큰 마차에 화려한 장식까지 달아놓았다. 마차를 모는 여섯 마리의 말들은 하나같이 덩치가 큰 명마들이었다.

마차를 모는 마부를 보니 등효와 필적할 만한 덩치의 사내였다. 터질 듯한 근육이 인상적이다. 여섯 마리 말들이 난리를 피워도 힘으로 제지가 가능할 것 같았다.

"왠지 타기가 무서워지는군."

등효가 먼저 나섰다.

"이런 기회가 아니면 언제 이런 거 타보겠소? 잔말 말고 얼른 오릅시다."

낯짝 두껍기로는 일행 중 제일을 달리는 그였다.

그 커다란 덩치로 마차를 타려면 허리부터 수그려야 할 텐데, 이 마차의 문은 크고도 넓어서 거의 칠 척에 달하는 등효의 덩치를 넉넉하게 받아주었다.

그렇게 일행은 마차에 모두 올랐다.

마차 내부는 또 어떠한가. 기가 막힌다.

의자는 극도로 푹신해서 침상에라도 누운 것 같았다. 창도 탁 트여서 쾌적했고 자리가 넓어서 어떤 자세를 취해도 옆 사람과 걸리질 않았다.

강비는 의자 바닥을 꾹꾹 눌러보더니 이내 사모창을 바닥에 던지고 팔짱을 끼곤 몸을 묻었다.

세상 편해 보인다.

등효는 이미 진즉 그랬고, 옥인과 벽란은 꼿꼿한 자세로 앉아 있었다.

마차에 오른 남궁효와 팽이화는 각기 두 부류로 나뉜 일행을 보며 묘한 표정을 지었다.

두 사람은 천하태평이고, 두 사람은 단정하기 짝이 없다.

정말이지 묘한 조합이었다.

"이제 출발하겠습니다."

"그러시오."

히히히힝!

창밖으로 말들의 투레질 소리가 울렸다.

그렇게 마차가 기쾌한 출발을 알렸다. 놀랍게도, 달리는데 큰 흔들림도 없었다. 승차감이 최고였다.

"나도 나중에 돈 벌어서 이런 마차 하나 구비해야겠어."

등효는 탐욕 가득한 눈으로 마차 내부를 둘러보았다.

마차와 별로 친하지 않은 강비도 그의 생각에 동의했다. 화려한 장식들은 마음에 안 들었지만 이 정도의 승차감이라면 정말 탈 만하겠다.

돈은 엄청 많이 들겠지만.

강비는 봇짐에서 술병을 꺼냈다.

"어? 그거 술이오?"

"그렇소."

"나도 한 모금 주시오."

"한 모금만 마시시오."

"쩨쩨하기는."

"설삼주요. 귀한 거니까 한 모금 마시고 푹 쉬시오."

설삼주라는 말에 모두의 시선이 술병으로 향했다. 심지어는 남궁효와 팽이화 역시 놀란 눈으로 술병을 바라보았다.

세상에 어떤 미친 인간이 있어서 설삼으로 술을 담근단 말인가? 돈이 썩어나는 부자가 술에 미치지 않고서는 상상도 못할 술이다.

한 모금 마시고 입을 닦은 강비가 가만히 눈을 감았다.

그는 진관호의 말을 잊지 않았다. 허투루 그런 말을 할 사람이 아니었다. 분명 앞으로의 여행에, 큰 위험이 뒤따르리라.

천천히 운기조식에 들어가는 강비.

강비는 모르고 있었다.

진관호가 말한 그 불안한 예감이라는 것이, 생각보다 훨씬 찾아올 거란 것을.

그것도 감당하기 힘든 존재가 거대한 그림자를 드리우며 쫓아오고 있다는 것을 모르고 있었다.

＊　　　　＊　　　　＊

휘이잉.

차가운 바람을 맞이하며, 중년인은 눈살을 있는 대로 찌푸렸다.

"중원의 냄새는 참으로 이상하군."

겨울의 삭풍을 맞으면서도 온도가 아닌 냄새를 말한다.

그는 몇 번이나 코를 킁킁거렸다. 거대한 산의 정상에서 또 무슨 냄새가 그리 날까 싶건만, 그의 코는 한시도 멈추지 않고 킁킁대기 바빴다.

"음, 확실히 우리 쪽과는 다르군. 참으로 여유가 없

는 냄새야. 하지만 치열한 냄새는 가득하군. 무인들의 땀 냄새, 계집들의 속곳 냄새, 문인들의 먹물 냄새. 그리고…….”

중년인이 활짝 웃었다.

그 나이에 어울리지 않는 천진난만한 미소였다.

“살벌하기 짝이 없는 병장기들의 냄새.”

후두둑.

산의 끄트머리, 그것도 절벽 바로 앞에 서 있는 그였다. 그의 발걸음에 돌가루가 튀어 저 깊은 절벽으로 차가운 여행을 떠난다.

위태위태한 모습.

그럼에도 중년인의 얼굴에는 여유가 넘친다.

“천하 무도(武道)의 중심지라고 바득바득 우기는 것치고는 별스럽지도 않군. 하지만 이 정도면 충분히 괜찮아. 많이 잡스럽지만 개중에는 정말 무시 못할 것들도 많고.”

알 수 없는 혼잣말의 연속이다.

“호아야.”

“예, 사부님.”

어느새 그곳에 서 있었을까.

아름답다는 수식어가 어울릴 만큼 빼어난 미형의 청년이 공손한 자세로 시립했다.

놀랍게도 청년에서 이는 기도는 놀라우리만치 정심했다. 그 외모만큼이나 특출 난 기도였다.

중년인의 입가에 미소가 어렸다.

"네가 보고했던 중원 무림과는 좀 느낌이 다르구나."

"그렇습니까?"

"훨씬 잡스럽지만 훨씬 흥미진진하다. 과연, 선대가 괜히 이곳에 눈독을 들인 게 아니었어. 우리가 사는 곳과 사는 방식이 다르구나."

"그렇습니다."

"그러고 보니 흑호령주는 어디에 있다고 했지?"

청년, 무신성의 소성주 감호는 공손하게 허리를 굽혔다.

"이곳에서 하루 거리 떨어진 곳에 대기하고 있습니다. 먼저 모시러 오겠다 했지만 사부님의 걸음이 빨라 아직 연락이 닿지 않은 모양입니다."

"하하! 나도 모르게 흥분을 했던 모양이다. 뭐 어떠랴? 시간은 남아도는데. 그 좋다는 중원 유람이나 좀 다닐까 싶구나."

"어차피 비무가 끝나면 이곳은 우리의 땅이 됩니다. 그때 찬찬히 살펴보셔도 무리가 없지요."

"호오? 자신감이 넘치는구나!"

"……."

"흑호령주의 보고는 너도 들었겠지?"

"그렇습니다."

"상대는 천하의 흑호령주에게 패배를 안겨준 절대 강자다. 필시 중원에서는 그 광룡왕이라는 아이를 비무의 첫 번째 대행자로 내세울 것이야."

"그럴 테지요."

"즉, 너의 상대란 말이다."

중년인의 웃음기 가득한 눈길을 받으며, 감호는 아무렇지도 않은 듯 담담하게 답했다.

"지닌바 무공을 아낌없이 보여주면 그만입니다."

패기 넘치는 대답이라고 해야 할지, 지나치게 무관심한 대답이라고 해야 할지.

중년인은 껄껄껄 웃었다.

"네 말이 참으로 옳다. 그래. 네가 지금까지 가꾼 무를 거침없이 보여주면 되는 것이지. 하지만 너도 알고 있잖으냐? 이번 비무는 생사결이다. 그만한 강자라면 네 목숨이 위태로울진대, 정녕 첫 비무의 대행자로 나설 생각이냐?"

"비무대 위에서 목숨이 다한다면 우리 무인들에게는 최고의 죽음 아니겠습니까."

"최고의 죽음이라."

"어디 알려지지도 않은 산천 구석에서 쥐도 새도 모르게 독살당하는 게 아닙니다. 저쪽 놈들과 모든 것을 건 한판 승부를 하는 겁니다. 이처럼 멋진 무대는 세상 어디에서도 쉽게 찾아보기 힘들지요."

감호가 방긋 웃었다.

"저보다 어린 본성의 무인들도 이런 무대 위에서의 죽음이라면 서슴없이 달려들 겁니다."

"하하하!!"

그 대답이 그리도 마음에 들었을까.

고개를 끄덕이며 손뼉까지 치는 중년인이었다. 진심으로 기뻐하고 또한 감탄하는 듯했다.

"참으로 사내답게 잘 컸구나. 네 공부만 봐주느라 무슨 생각을 하고 사는지 알 수가 없었는데, 오늘 너의 대답을 들으니 이 사부가 안심이 된다. 네 모습이,

마치 나의 어린 시절과 같구나."

감호는 그저 가느다란 미소만 지어보일 뿐이었다.

하지만 중년인은 감호의 미소 속, 광포하게 일렁이는 호승심과 기대감을 놓치지 않았다.

항상 속없이 웃고 다니는 녀석이지만, 그 내면에는 한 마리 거친 용을 키우며 사는 제자였다. 그 광포한 용이 아가리를 드러낼 때 제자가 얼마나 무시무시해지는지도 그는 잘 알고 있었다.

'암, 그 정도는 되어야지.'

비록 상대가 흑호령주에 비할 만한 고수라고 하지만 그는 크게 걱정하지 않았다.

일 년 동안 감호를 틈틈이 가르쳤다. 그것도 무신성의 정점, 무신성주인 자신이 직접 가르친 것이다. 한 번의 가르침으로도 무섭게 성장하는 감호의 재능에 천하 최강을 넘보는 자신의 가르침이 합쳐졌으니 그 결과는 실로 기대 이상이었다.

경지의 높낮음?

실제 싸움이 벌어지기 전까지는 어떻게 될지 아무도 모른다. 싸움은 해보지 않고서는 결과를 장담할 수 없는 것이다.

그리고 감호는 무신성에서도 싸움에 있어서 탁월한 역량을 자랑하기로 유명했다. 불타는 호승심을 넘어설 만큼 그의 기량은 출중했다.

고수를 상대하는 법도 수백, 수천 가지를 꿰고 있는 제자.

아무리 흑호령주와 비등한 강자라 해도 제자가 질 것 같지는 않았다. 물론 근본적인 무력의 차는 존재할 것이다.

하지만 제자는 이겨낼 것이다.

불가능할 것 같은 사지에서 기어이 뚫고 올라온 자만이 무신성의 정점에 설 수 있다. 그 역시 그러한 전적이 있었고 역대 모든 성주들 역시 압도될 수밖에 없는 상황을 뚫고 기어이 올라와 패권을 거머쥐었다.

전쟁의 승패를 두고 벌어지는 무시무시한 비무이건만, 한 줄의 부담도 갖지 않은 채 호승심을 불태우는 제자가 자랑스럽다.

"자, 가자꾸나. 굳이 바쁜 흑호령주가 마중 나올 것까지 있겠느냐."

"알겠습니다."

사사삭.

이상한 소음과 함께, 두 사람의 신형이 그 자리에서 혹 사라졌다.

산 정상, 떨어지면 죽을 수밖에 없는 절벽을 눈앞에 두고 한 명의 중년인과 한 명의 청년이 귀신처럼 사라진 것이다. 천하 어떤 무인이 봐도 놀라 자빠질 만한 절정의 신법이, 마침내 중원을 드리울 거대한 암운(暗雲)을 예고하고 있었다.

그리고 그와 또 다른, 완전하게 다른 암운이, 하지만 그에 못지않은 처절한 암운이 강비 일행의 바로 뒤까지 찾아오고 있었다.

*　　　　　*　　　　　*

"어떻게 생각해?"

팽이화의 물음에 남궁효는 가만히 팔짱을 끼어 보였다.

"뭐가?"

"저 사람들 말이야."

이미 강비 일행은 객잔으로 들어가 식사를 하고 있

었다. 먼저 식사를 마친 두 사람은 마차로 돌아와 마차를 지키고 있었다.

팽이화는 아미를 살짝 찌푸렸다.

"아무리 봐도 평범한 사람들 같은데."

그녀는 강비 일행 하나하나를 떠올려 보았다.

광룡왕이라는 별호로 천하를 위진시키고 있는 강비는 무척이나 이상한 사내였다.

나른한 눈에 말수도 별로 없었고, 그저 앉아 졸면서 마차에 몸만 실었다. 한 번씩 일어나서 술을 마시는 걸 빼면 측간에도 가질 않았다.

제아무리 설삼주라지만 밥도 잘 안 먹으면서 술은 꼭 찾는다. 설령 그 설삼주가 백 년 묵은 설삼주라도, 그런 모습을 보면 술에 미친 주광(酒狂)으로만 보일 뿐이다.

등효는 어떤가.

실로 가관이다.

단련된 육체를 보니 상당한 수련을 쌓은 것 같긴 한데, 도통 내공이 느껴지지가 않았다. 사실 그건 일행들 전부가 그랬다.

한 점의 내공도, 한 점의 예기도 느껴지지 않는다.

그녀의 눈에 비친 등효는 그저 질펀하게 늘어 쉴 줄만 아는 구제불능의 사내일 뿐이었다. 옆에 여인들이 있는데도 코까지 쿨쿨 골아 대는 무신경함에는 치가 다 떨릴 지경이었다.

그나마 눈 감고 다니는 여자나 검을 세 자루나 찬 청년의 경우, 강비나 등효 두 사람보다 훨씬 나아 보였지만 그렇다고 두 사람이 정상으로 보인다는 것도 아니다.

상대와 대화할 때, 도대체 왜 눈을 뜨지 않는 건지 모르겠다. 그래도 파악해 본바, 맹인은 아닌데 눈을 감고 행동하는 것에 무척이나 익숙한 것 같았다.

세 자루 검을 찬 청년도 다를 것이 없었다. 내공 한 줌 느껴지지 않는 평범한 청년이 무슨 검을 세 자루나 찼다. 검사 특유의 예기는 고사하고 대가 약해 보이기까지 했다.

한마디로 팽이화가 보기에 이 일행은 지나치게 평범했으며 교양도 없었다. 이상한 인간들이었다.

"정말 소문 속의 광룡왕이 맞는 걸까?"

"사모창. 장검. 분명히 광룡왕이 맞아."

"그래. 광룡왕은 광룡왕이라고 쳐. 다른 세 사람은

뭐야? 죄다 겉멋이 든 왈패들 아니야?"

다소 뾰족해지는 음성이다.

남궁효는 그녀가 왜 이렇게 날이 섰는지 잘 알고 있었다.

"이화. 너무 그렇게 화내지 마."

"내가 지금 화를 안 내게 생겼어? 나이 지긋한 원로 분들을 모시는 것도 아니고, 정체도 잘 모르는 이상한 사람들을 숭산까지 모시는데 왜 우리까지 나서야 되는 거야?"

팽이화는 처음부터 이번 임무에 회의적이었다. 회의를 넘어 싫어하기까지 했다.

아직 어리다곤 하지만 두 사람은 오대세가의 자제들이었다. 중원 천하, 오대세가의 자제라 하면 무림 최고의 기린아들을 뜻했다.

한데 막상 시키는 일을 보니 호위도 아니고, 그냥 모시고 오는 길에 편의를 봐주라는 게 전부다. 이건 거의 하인이나 다를 바가 없잖은가.

남궁효는 고개를 저었다.

"저 사람이 어떤 이상한 행동을 하든 간에 우리는 우리 임무만 완수하면 그만이야."

"하지만……."

"기인(奇人)일 수도 있잖아. 기인이라고 다 무시해도 되는 사람들은 아닐 텐데?"

팽이화는 입술을 깨물었다.

남궁효의 말은 틀리지 않았다. 하지만 머리로 이해하는 것과 가슴으로 이해하는 것은 완전히 다른 영역이다.

"게다가 저 사람들, 특히 광룡왕은 중원 무림과 새외 무림의 전쟁을 종식시키는 데 큰 축을 담당하는 사람이야. 그런 사람을 모시고 가는 길, 결코 자존심 상할 일이 아니야."

그럼에도 팽이화의 표정은 달라지지 않았다.

남궁효는 팽이화의 마음을 이해할 수 있었다.

광룡왕을 모시는 것도 모시는 거지만, 진짜 자존심이 상하는 건 어디서 튀어나온 건지도 모르는 인간에게 중원 최고의 후기지수의 명예를 빼앗겼다는 데에 있다.

하다못해 구파일방도 아니고, 암천루라는 수상한 조직의 조직원이란다.

물론 암천루가 천의맹의 의뢰를 맡아 전쟁에 큰 도

움을 준 건 알고 있지만 그렇다고 최고라는 자존심을 그들에게 뺏길 이유는 전혀 없다. 찾아보면 분명 광룡왕보다 실력이 좋은 이들도 중원 명문가에 많을 것이다.

"나는 아직도 광룡왕이 정말 소문대로 철마신 만효를 죽였는지 잘 모르겠어."

철마신 만효.

천하삼절 중 일인으로 비록 남은 두 사람에 비해 실력이 처진다고는 하지만 능히 천하에서 보기 힘든 절대고수라 할 수 있겠다.

남궁효는 팽이화의 얼굴을 보며 그녀의 오라비를 떠올렸다.

나이 차이 무려 스무살 가까이 나는 그녀의 오라비는 팽진표(彭鎭漂)라는 이름의 호걸이었다.

하북 지방 최고의 기재이자 차후 하북팽가를 책임질 천재로 이름을 날린 팽진표는 이미 천하에 자신의 이름 석 자를 알린 도객이었다.

어지간한 원로들조차 가볍게 뛰어넘는 무공 실력. 팽가 역사상 손에 꼽히는 재능으로 당대 가주는 물론 숱한 가인(家人)들의 찬탄을 받은 천재가 바로 팽진표였다.

팽인화 역시 나이 차이가 많이 나는 팽진표를 잘 따랐다. 바쁜 업무에 가족들에게 신경조차 제대로 쓰지 못하는 부모와 달리, 팽진표는 어린 팽인화를 누구보다 아끼며 챙겨주지 않았던가.

그런 팽진표가 죽은 것은 바로 삼 년 전이었고, 그를 죽인 자의 이름이 바로 만효였다.

어떻게 시비가 붙었는지는 아직까지 잘 알려지지 않았다. 다만 팽진표와 만효는 시비가 붙었고, 만효는 칼을 뽑았으며 팽진표는 만효의 손에서 삼십 합을 채 넘기지 못하고 목이 베여 죽었다.

하북 최고의 기재이자 차후 강북 무림을 책임질 거란 소리를 들었던 한 천재는, 그렇게 목숨을 잃고야 말았다.

다른 팽가의 무사들과 같이, 팽가의 직계 혈족들과 같이, 팽인화는 만효를 용서할 수 없었다.

어떻게든 실력을 쌓아 당당하게 만효의 목을 베리라. 그의 목을 직접 베어 오라비의 묘 앞에서 당당하게 복수했음을 천명하리라.

만효는 팽인화 일생의 목표이자 꿈이었으며 분노의

끝이었다.

그런 만효가 어느 날 이름조차 잘 알려지지 않은 한 청년에게 목숨을 잃었음이 알려졌다.

그 청년의 이름은 강비로, 일전 용곤문 사태에서 그들의 흑심을 만천하에 알리는 데 큰 공을 세웠던 이였고, 동시에 강호에서 풀리지 않은 몇몇 비밀에 관여한 무인이라고 하였다.

심지어 강비라는 작자는 만효 이전에, 비사림의 절대고수인 칠군주 중 천랑군주를 패퇴시킨 전적이 있고, 만효를 죽인 이후에는 다시 붙어서 기어이 천랑군주의 목숨을 취했다고 세상에 알려졌다.

강비의 나이는 이립(而立)을 오간다고 하였다.

그 정도면 후기지수의 영역이다. 홍안의 청년이라 불리기에는 꽤 많은 나이였지만 그렇다고 중년이라 할 만한 나이도 아니었다.

팽이화의 분노는 세상에서 사라졌다. 분노가 겨누어야 할 목표가 느닷없이 나타난 괴상한 고수 한 명에 의해 이승에서 없어져 버렸다.

만약 광룡왕이 만효를 죽이지 않은 자였다면 절대로 이곳에 오지 않았을 것이다. 광룡왕을 숭산까지 모시는 자리에 오지 않았을 것이다.

하지만 궁금했다.

만효를 죽인 자, 오라비의 원수를 갚아준 자가 어떤 작자인지 궁금했다. 그래서 한껏 못마땅했지만 또 못 이기는 척, 마차에 몸을 실었다.

그런데 직접 보니 어떠했나. 그는 어떤 사람이었나.

고수에게는 품격이라는 게 있는 법이다. 진정한 무인에게는 그에 걸맞은 격이라는 게 있는 법이다.

강비에게는 그것을 찾아볼 수가 없었다.

하는 짓이 파락호와 같았다. 말수가 없는 건 둘째 치고, 마차에 앉아 자기만 바빴다.

팽이화는 그것을 용서할 수도, 용납할 수도 없었다. 적어도 만효의 목을 벤 자라면 저래서는 안 되는 일이다.

남궁효는 그녀의 붉은 눈동자를 보며 그녀의 처지를 이해했다. 그녀의 기분을 이해할 수 있었다.

최소한 강비가 높은 자리로 올라간 자의 품격만 보여주었더라도 팽이화의 분노가 이리 크진 않았을 것이다.

남궁효는 한숨을 쉬었다.

'나라고 다르지 않겠지.'

아직 중원 누구도 모르는 일.

세상에는 아직까지 드러나지 않은 일. 드러나서도
안 될 일.

그는 자신의 아버지를 생각했다.

제왕검문, 의기천추 남궁세가의 수뇌부로 무시무시
한 위명을 세간에 알린 자.

바로 남궁일(南宮日)이라는 이름의 사내였다.

누구보다도 차가운 검심으로 칼 같은 결단력이 일품
인 검사. 그는 남궁효에게 지나칠 정도로 다가서기 어
려운 아버지였고 반드시 뛰어넘고 싶은 태산과 같았
다.

그런 남궁일이, 일 년 전 절강에서 큰 부상을 입고
본가로 이송되었다.

그가 쥔 검은 거의 박살이 나 있었고, 짙은 내외상
으로 이전의 기량을 되찾을 수 있을지 없을지조차도
모르는 판국이었다.

얼마나 회복에 열성이었는지, 지금은 그때 입었던
내외상이 거의 다 치유가 되었지만 그 말을 바꿔하면

무려 남궁세가 최고의 검사 중 한 명이 일 년에 가깝도록 치료에만 몰두해야 할 만큼 큰 부상을 당했다는 것이다.

그리고 그만큼 대단한 강자에게 당했다는 뜻이다.

남궁세가 극소수의 사람들은 그 강자의 이름을 알고 있었다.

'강비.'

최근 광룡왕이라는 별호로 천하를 위진시킨 신성(新星).

'우리 가문이 어쩌다가 이리 되었을까.'

영왕문(靈王門)이라는 기괴한 집단에게 저당 잡힌 목숨이 있었다.

남궁세가의 검인들을 검노(劍奴)라고 부르면서 모욕을 주었지만, 그럼에도 차마 화를 낼 수 없을 만큼 큰 목숨이 저당 잡혔기에 그들이 하라는 대로 할 수밖에 없었다.

차라리 그들이 시킨 일이라도 좋게 끝났다면 이토록 패배감에 젖지는 않았을 터.

기개 넘치게 나아간 아버지가 그리 큰 부상을 입고 돌아오셨을 때 남궁효의 마음은 표현이 되지 않을 만큼의 복잡함으로 가득했다.

옳은 일이 아니라는 건 모두가 알고 있었다.

하지만 세가의 고수가 다치고 들어온 일은 또 다른 영역의 일이었다.

남궁효는 강비의 얼굴이 보고 싶었다. 그가 어떤 사람인지 알고 싶었다.

그리고 지금 그가 내린 판단은.

'잘 모르겠다.'

팽이화는 대놓고 적대시하는 모양이지만, 남궁효는 강비 일행을 평가함에 있어 어떤 기준을 두어야 할지 몰랐다.

세상의 쓴맛을 너무 일찍 알아버렸기에, 철이 없는 팽이화와는 다른 시선으로 일행을 바라보는 남궁효였다.

그것이 그에게 이득이 될지 어떨는지는 아무도 모르리라.

강비는 뜨끈한 국물을 모두 마시고는 입을 쓱쓱 닦았다.

등효는 배를 토닥이며 투덜댔다.

"그 녀석들 참, 마차 천장에 매달아 다닐 수도 없고."

이미 남궁효와 팽이화가 어떤 시선으로 자신들을 바라보는지, 일행은 전부 알고 있었다. 일행에 비한다면 정말이지 저 두 사람의 수준은 한참이나 낮은 곳에서 맴돌고 있었기 때문이다.

심지어는 들리지 않을 거라고 중얼거리는 대화까지 일행 모두가 다 듣고 있었다. 딱히 집중하지 않아도 그 정도 거리의 대화는 알아서 들리기 때문이다.

옥인은 희미하게 웃었다.

"다들 마음의 상처를 안고 살아가는 법 아니겠습니까?"

"어이쿠, 누가 도사 아니랄까 봐. 옥인 도사, 너무 그렇게 하나하나 다 봐주면서 다닐 필요 없소이다. 세상에 때려죽일 악인들이 얼마나 많은데."

"그래도 저들이 악인은 아니잖습니까?"

등효는 입맛을 쩍 다셨다.

"그렇긴 하지."

차라리 화통한 악인이었다면 한 주먹에 때려죽일 수라도 있지만 뭣도 모르는, 철없는 어린애들을 어떻게 대해야 할지 알 수가 없는 등효였다.

가만히 놔두자니 제아무리 낯짝 두꺼운 등효라도 볼 따구니가 따가웠고, 그렇다고 한판 뒤엎자니 마음이 썩 내키지 않는다.

'하긴. 마음이 내키지 않는다는 게 결국은……'

그 역시 알고 있는 것이다. 저들은 한참이나 어린 애송이들이며, 굳이 머리통에 알밤을 때려줄 가치도 없는 녀석들이라는 걸.

"그냥 우리끼리 단란하게 갈 걸 그랬소이다."

그 말에 대해서는 일행 전체가 동의했다. 심지어는 강비조차 고개를 끄덕였다.

그간 저 두 애송이가 얼마나 살펴보고 노려보고 씹어 댔는지 불편해서 잠도 잘 오지 않을 지경이었다. 운기조식으로 내부를 관조하지 않았다면 사모창의 창 대로 머리통을 한 대씩 쳐 버렸을지 모를 일이다.

"조금만 참으면 곧 승산이잖아요. 너무 그렇게……."

웃으며 말을 꺼낸 벽란이 일순 입을 다물었다.

눈썹이 한껏 올라가는 그녀다.

강비가 다리를 꼬며 물었다.

"왜 그래?"

"잠깐만요."

벽란의 고개가 사방으로 휙휙 저어졌다. 여전히 봉신안의 술법으로 눈을 감고 있지만 하는 행동은 눈을 뜬 사람과 전혀 차이가 없었다.

"이건?"

강비와 등효, 옥인의 눈동자가 번뜩였다.

벽란의 몸에서 이는 분위기.

그것은 긴장이었다.

빙백혼의 신기를 흡하여 이전보다 더욱 커다란 성장을 이루어낸 벽란이다. 천하 최고위 술법사라 해도 과언이 아닐 그녀가 긴장을 한다는 것은 보통 일이 아니다.

무인들이 보지 못하는 것을 보는 술사들의 눈.

벽란의 안색이 대번에 창백해졌다.

"설마……!"

"도대체 무슨 일이기에?"

"이건, 이 기운은……? 아니야, 말도 안 돼! 이렇게 짧은 시간에 깨어날 수가 있는 건가?!"

숫제 질린 기색이다.

지금껏 벽란을 보며, 그녀가 이만큼이나 놀란 얼굴을 한 건 본 적이 없었다. 강비의 손이 옆에 놓은 사모창에 닿았고, 등효의 주먹은 굴강하게 쥐어졌으며, 옥인의 손가락은 천라검의 검병을 휘감았다.

심상치 않은 분위기.

객잔 내의 사람들은 여전히 왁자지껄 떠들고 있었다.

벽란의 입에서 크나큰 목소리가 터져 나왔다.

"위험!"

퍼버벅!

그것으로 끝이었다.

무언가 터져 나가는 듯한 섬뜩한 소음.

그 연이은 소음으로, 객잔 내에서 떠들고 있던 모든 사람들의 목숨이 날아가 버렸다. 강비 일행을 제하고는 누구도 살아남지 못했다.

모두가 죽었다.

마치 머릿속에 벽력탄이라도 집어넣은 것마냥 머리가 터져서 죽어나간 시체도 있었고, 복부가 완전히 터져서 내장을 흘린 채 죽은 이도 있었으며, 등허리가 박살이 나서 이상하게 꼬인 자세로 숨통이 끊어진 자도 있었다.

이 세상에서 일어나지 않을 듯한 죽음의 행렬이었
다.

파바박!

강비와 등효, 옥인이 벽란을 에워싸며 각기 병장기
를 들었다.

강비의 안색이 싹 굳어졌다.

'이게 도대체 무슨 일이지?'

뭐가 어떻게 된 건지 모르겠다. 지금 상황이 제대로
파악되질 않았다.

벽란이 소리를 치자마자, 이 객잔 내에 있던 모든
사람들의 몸 어딘가가 터졌다.

'이런!'

순식간에 피 비린내가 자욱하게 올라왔다. 박살 난
두개골과 뇌수, 찢겨진 내장, 조각난 척추, 그리고
핏물이 뒤엉켜서 공포스러운 광경을 연출하고 있었
다.

강비의 눈이 한 소년의 시신에 향했다.

뜯겨진 목덜미에 달랑거리는 머리 찌꺼기가 제멋대
로 흔들거리고 있었다. 아직 다 크지도 않은 소년의

죽음이라 하기에는, 너무 비참하고도 끔찍한 죽음이었다.

"벽란! 무슨 일이야!"

벽란의 주먹이 꽉 쥐어졌다.

"마혼주예요."

"뭐? 누구?"

"마혼주, 초혼방주요. 초혼신이에요."

일행의 몸에서 일순 자욱한 기도가 피어올랐다.

그것은 놀라움으로 인해 퍼져 나가는 기도의 개방이었다. 스스로 기도를 제대로 다루지 못할 만큼 크게 놀란 그들이었다.

초혼방주.

초혼신, 마혼주.

"묵계주로 저의 기를 추적해 이곳을 알아낸 모양이에요. 하지만 어떻게? 초혼신은 아직 깨어날 때가 아닌데……?!"

등효는 고개를 저었다.

"지금 그가 왜 깨어났는지를 고민해 보는 건 선호할만한 일이 아닌 것 같소."

그렇다.

정말로 초혼신이 이곳에 왔다면 다른 생각하지 말고 대비를 해야 함이 마땅하다.

'아니, 근데 도대체 이런 짓은 어떻게?'

보이지도 않고 느껴지지도 않는데, 이 네 사람을 제외한 모든 사람들의 머리통을 터트리는 게 가능한 건가? 이건 사람의 능력이 아니었다.

벽란이 강비의 옷깃을 쥐었다.

"술법이에요."

"술법?"

"공간 살인. 비역괴살술(秘域塊殺術)은 초혼신이 구사하는 술법들 중 가장 잔인하기로 악명이 높죠. 경지에 이른 내공이나 상단의 영력으로 거부하지 않는 한 누구도 초혼신의 손아귀를 벗어나지 못해요."

도대체 그게 어떻게 가능한 건지 모르겠다. 세상에 별 이상한 술법도 다 있다는 생각이 들었다.

어쨌든 이 또한 술법이라면 술법일 것이다.

강비는 사모창을 고쳐 쥐었다.

"그럼 이 근처에 초혼신이 있다는 거지?"

"맞아요. 그리고 제 추측이 맞다면……."

그때 그들 귓가로 속삭이는 듯한 소리가 울렸다.

"막내의 추측이 맞다면 금방 만나게 되겠지?"

아름다운 여인의 목소리였다.

모두의 등 뒤로 오싹, 소름이 돋는다.

바로 귀 앞에 입을 대어 속삭이는 것 같았다. 심지어는 누군지 모를 숨결까지 느껴진다.

그럼에도 느껴지는 건 없다.

벽란의 손에서 희미한 광채가 일렁였다. 백색의 광채, 보기만 해도 마음이 평온해질 것 같은 빛이었다.

"광인(光印)."

번쩍!

순수한 백색의 광채가 물결이 이는 것처럼 이곳 영역 전체로 퍼져 나갔다. 파도치는 빛의 물결이었다.

"오호?"

흥미롭다는 목소리.

모두의 시선이 객잔의 입구로 향했다.

"광인도술(光印道術). 애들이나 쓸 법한 술법으로 내 존재를 드러나게 할 정도면, 보통 영력으로는 어림도 없지. 처음 봤을 때의 흐리멍덩한 어린아이가 아니야. 정말 많이 발전한 모양이로다."

오싹한 목소리였다.

세상에 이런 옥음이 또 있을까 싶을 만큼 아리따운 목소린데, 말투는 또 대단히 고풍스럽다.

그곳에는 한 명의 여인이 나른한 얼굴로 벽에 기대어 있었다.

전신을 펑퍼짐한 옷으로 가린 여인이었다. 입은 게 아니라 가렸다. 길고 하얀 허벅지부터 종아리, 발끝까지 전부 드러나 있었다.

얼굴은, 모호하다.

정말 아름다운 외모였지만 신기하게도 사람을 보는 것 같지가 않았다. 흐린 안개가 얼굴 바깥쪽을 둘러싸고 있는 듯했다.

살짝 드러난 오른쪽 어깨선. 자칫하다간 옷가지가 벗겨져서 나신이라도 될 것 같았다.

젊고 아름다운 여성이었다.

하지만 일행 전부는 그 대단한 미모에 혹하지 않았다.

혹할 수가 없었다. 펑퍼짐한 흑색 의복으로 몸을 가린 여인의 몸에서는, 인간에게 느껴져서는 안 될 사자(死者)의 기운이 뿜어져 나오고 있었던 것이다.

살아 있는 사람에게서 사기(死氣)가 흘러나온다.

그 사기의 농도가 엄청나게 짙었다. 이곳에서 최고
의 강자라 할 수 있는 강비의 내공량보다 얼추 두어
배는 되는 듯했다. 단순히 뿜어져 나오는 기운이 그랬
다. 실제로는 얼마나 대단한 기운을 숨기고 있는지 추
측조차 되지 않았다.

강비의 손등에서 땀이 흘렀다.

'파악이 안 된다.'

섣불리 공격 한 번을 못하겠다. 어떻게 공략해야 할
지도 모르겠다.

막막했다. 세상에 이런 자가 있을 줄은 상상도 못했
다.

서문종신을 대할 때도, 진관호를 대할 때도.

꽤나 옛날, 무당파의 장로와 한판 승부를 벌일 때도
기세로 압도가 된 적은 있었지만 승부를 벌이지 못하
겠다는 생각은 한 적이 없었다.

한데 눈앞에 저 여성은 다르다.

거대한 망망대해 한가운데로 빠져버린 것만 같았다.
눈을 마주치자 온몸이 묵직해진다. 눈꺼풀을 한 번 깜
빡이는 데에도 힘이 들 정도였다.

'이런 자가 있다니!'

세상에 둘도 없을 존재다. 기질은 전혀 다르지만, 저 태사부인 화산무제나 천무대종, 소림신승을 대하는 것 같았다.

순간 강비의 눈동자가 빛났다.

태사부님? 천무대종?

그럴 리가 없다. 저자가 그 두 분보다 강할 리도 없으며 두 분보다 뛰어날 리도 없다.

그것은 강비가 가진 믿음, 무의식적으로 인정한 절대적인 진실이었다.

'사술!'

호천패왕진기가 자욱하게 일어나며 정신을 일깨운다.

눈을 마주치면서 정신이 이상한 곳으로 빠져 버린 것만 같은 기분이었다. 이건 분명 사술이다. 이와 같은 경지에 오른 자신에게 걸 만큼 무서운 사술이 있을 줄은 몰랐지만, 그게 아니라면 지금의 상황을 해석할 수도 없다.

초혼신의 눈동자에 이채가 서렸다.

"홍신안(紅神眼)의 술에서 용케 벗어났구나. 군신

이라더니, 과연 다르긴 다르군."

그녀의 두 눈에서 은은한 혈광이 뿜어져 나왔다.

강비의 몸에서 이는 적색의 진기가 불꽃과 같다면 그녀의 두 눈에서 흐르는 적색의 광채는 핏빛, 그것도 생혈(生血)로 이루어진 거대한 호수와도 같았다.

"술법에는 문외한이지만, 상단전이 무척이나 크고 탄탄하군. 어지간한 술법으로는 뚫기는커녕 흠집 한 번을 내지 못하겠어."

강비는 슬쩍 주변을 둘러보았다.

벽란은 여전히 긴장한 채로 손에 부적을 쥐었고, 옥인과 등효는 이를 악물고 초혼신을 노려보는 중이었다. 두 사람의 몸은 식은땀으로 흠뻑 젖어 있었다.

초혼신이라는, 천하에 다시없을 대적을 앞에 두고도 물러섬이 없다.

이상하게 세 사람을 보자 마음이 편안해졌다.

한 번도 서로에게 동료라는 말을 하지 않았지만, 그들은 동료와도 같았다. 암천루의 조직원들만이 동료가 아니었다. 이들 모두가, 인연이 있어 얽힌 자들이며 또한 동료인 것이다.

스르륵.

강비의 몸에서 환한 빛이 흘러나왔다.

눈이 멀게 할 것 같은 빛의 발현이었다. 타오르는 적화의 진기, 패왕진기가 그 어느 때보다도 크고 짙게 발산된다.

초혼신의 홍안(紅眼)이 가늘어졌다.

"뭐냐? 어째서 기가 증폭하는 것이지?"

그는 딱히 사고하지 않는 것 같았다. 생각이 입에서 그대로 나오는 기분이다.

그래서 더 무서운 사람이었다. 무엇에도 거리낌이 없는 사람, 정신도 평범하지 않겠지만 절대자만이 가질 수 있는 무서운 자신감이 없다면 저런 모습을 보일 수가 없다.

강비의 몸에서 이는 기운이 더욱 짙어졌다.

쩌저적.

그가 선 대지에 금이 쭉쭉 갔다.

짙어지고 또 짙어진다. 스스로 의식조차 하지 못할 만큼 패왕진기의 힘이 무서운 속도로 확산되고 있었다.

그리고 그 힘은 이내 초혼신의 사기를 천천히 몰아 내었으며, 이내 객잔 안을 에워싼 시커먼 방벽에 하나의 틈을 뚫어내기에 이르렀다.

펑!

어디선가 커다란 폭음이 울린 것 같았다.

"헉, 헉."

옥인과 등효가 시뻘건 얼굴로 거친 숨을 몰아쉬었다.

이전까지는 초혼신의 사기에 겨우 버티기만 하던 그들이 이제는 자율적인 호흡으로 진기를 운용한다. 압박하는 사기가 씻겨 나갔기 때문이리라.

초혼신의 입가에 흥미진진한 미소가 어렸다.

"과연 음양신의 예언이 그냥 나온 건 아니었어. 그것이 진실로 이루어질는지는 모르겠다만, 적어도 네가 나의 죽음에 누구보다 가까이 다가선 자라는 걸 부정할 순 없겠구나. 설마 하니 반선에 달하지도 못한 자가 이리도 거세게 저항할 수 있을지 생각 못했는데."

강비와 초혼신의 격차는 크고도 컸다.

전혀 다른 공부를 익힌 그들이지만 '다름'이라는 말이 필요 없을 만큼의 간극이었다.

하지만 강비는 버텨내는 걸 넘어서서 대응을 하고

있었다. 일혼주 정도가 아니라면 감히 두 눈 똑바로 뜨고 바라보지도 못할 죽음의 기운과 당당하게 맞서고 있었다.

벽란의 눈꺼풀이 파르르 떨렸다.

'이것이었구나!'

음양신의 예언이 설령 들어맞지 않더라도 하나는 알 수 있다.

강비와 초혼신은 천적(天敵)이다.

초혼신이 강하면 강할수록, 강비 역시 강해진다. 초혼신이 죽음의 기운을 뿌려 대면 뿌려 댈수록 강비의 신공진기 역시 크기를 불려 나간다.

어째서 이런 일이 가능할까.

순간 초혼신의 이마가 찌푸려졌다.

"너의 기운, 이 불쾌한 진기. 어디서 많이 느껴보았는데, 기억이 나질 않아."

화아악!

사기가 쏟아진다.

범람하는 강물처럼, 미친 듯이 흘러나오는 사기였다. 평범한 사람이라면 근처에 서성이는 것만으로도 저승으로 떨어질 만큼 압도적인 기운이었다.

강비의 패왕진기가 더욱 첨예하게 솟구쳤다.

호천, 하늘을 수호한다.

패왕의 기운이 초혼신의 사기와 발맞춰 무지막지한 기파를 퍼트렸다.

콰아앙!

객잔 내부가 미친 듯한 돌풍으로 휘날려 시체가 떠다니고, 이내 벽이 무너져 내렸다. 두 사람 사이에서 이는 기의 농도가 광풍에 가까운 돌풍을 동반할 정도인 것이다.

와르르!

작지 않았던 객잔이 폭삭 내려앉았다.

그 와중에도 다섯 사람은 제자리를 지켰다. 누구도 다치지 않는다. 퍼지는 진기의 방벽이 모두를 보호하고 있었다.

마침내 초혼신은 깨닫고야 말았다.

숱한 세월을 건너오며, 죽은 육신을 버리고 새로운 육신을 찾아다니던 나날들.

생사의 간극을 뛰어넘는 존재가 된 그녀다. 차지한 육신이 무너지면 하늘에 이른 영력을 이용, 쓰기에 부족함이 없는 그릇으로 모든 것을 옮겼던 나날들이다.

초혼신의 입에서 경악성이 터졌다.

"광무! 네놈은 광무와 무슨 관계냐!"

강비의 두 눈이 찬연한 신광을 뿜는다.

"네년이 스승님을 어떻게 알지?"

"스승이라고?!"

무슨 이유에서인지 초혼신은 크게 놀랐으며, 굳이 그걸 숨길 생각도 없어 보였다. 다만 지금의 상황을, 강비의 몸에서 흐르는 기운의 정체를 알고는 이를 바득바득 갈고 있을 뿐이었다.

"광무! 광무 네놈이!"

핏빛 안광은 이미 정상인의 그것과는 거리가 있었다.

증폭되는 기운 속, 이미 불꽃 그 자체가 되어버린 강비를 보며 광무진인을 떠올리고 있는 것인지.

"네놈이 감히 내 혼을 거부해?!"

쩌렁쩌렁 울리는 목소리다.

천지가 무너질 것만 같았다. 세상 모든 원혼을 홀로 간직한 듯, 사자후처럼 퍼지는 목소리에 굉장한 분노와 원한의 불길이 치솟는다.

무서운 감정의 파동.

신의 능력을 빌어 인간의 감정을 선사하니 괴리가 엄청나다. 일순 강비의 신형이 비틀거릴 정도로 뿜어지는 기파가 대단했다.

하지만 그것도 잠시.

주춤하던 강비가 재차 한 번의 발걸음으로 대지를 찍는다.

쾅!

한 번의 진각으로 패왕진기가 다시금 솟구쳤다.

언제까지, 어디까지 나아갈지 모르는 기의 파동이었다. 초혼신의 사기는 극에 이르러 하나의 영역을 지옥으로 바꿀 힘이 있었지만, 깨달음이 그에 이르지 못한 강비의 진기가 울컥 반발하여 사기를 집어삼킬 불길이 되었다.

마침내 강비도 깨닫고야 말았다.

자신이 저 초혼신의 천적임을.

의식조차 하지 못한 채 나아가는 발걸음이었으나, 위태로운 자아가 붕괴된 초혼신의 두 눈을 보며 객관적으로 지금의 상황을 관조하고 있었다.

'내가 삼킨다!'

상대는 적이다.

적이라면 물러섬이 없다. 그의 손에 들린 사모창의 창첨이 초혼신을 향했다.

번쩍!

순간 한 줄기 적광(赤光)이 대기를 태우며 나아가 초혼신의 미간에 닿았다.

종종 빠른 무공을 두고 빛살과 같다는 비유를 하곤 하는데, 강비의 공격은 이미 빛 그 자체가 되어버린 것 같았다.

콰르르릉!

무너진 객잔의 잔해가 재가 되어 흩어지고, 초혼신이 서 있던 자리의 뒤편에는 거대한 용 한 마리가 지나간 듯한 흔적이 남는다. 땅은 시커멓게 눌어붙어 있었다.

광룡식의 회천포가 아니었다.

그저 창을 뻗어 공격을 가한다는 의지가 이는 순간, 진기가 폭출하여 초혼신을 공격했을 뿐이다.

그 일격의 기공술이 평소의 회천포보다 훨씬 강렬했다. 강비 스스로도 어찌 이런 일이 가능한지 알 수가 없을 만큼, 구사하는 공격이 이미 무공의 영역을 벗어나 버렸다.

'그때와 같다.'

등효와 벽란을 살리기 위해 원정을 깨트렸던 그때.

끊임없이 솟구치는 무자비한 청정기(淸淨氣)가 새로운 무신(武神)의 세상을 보여주던 그때.

그때와 너무나도 흡사한 상황이었다. 깨달음이 그에 이르진 못하지만 펼쳐 내는 힘은 모든 것을 재로 없애 버릴 거력이 그득했다.

초혼신조차도.

그 무시무시한 창격을 경시하지 못해 육신을 이동시켰다. 어느새 객잔 밖, 커다란 나무 한 그루 앞에 서 있는 그녀였다.

화아악!

투신보를 운용해야 한다고 생각하는 순간, 이미 강비의 신형은 초혼신의 앞에 도달해 있었다.

옥인이나 등효의 육안으로도 강비의 움직임을 파악할 수 없었다. 그냥 번쩍 하니까 사라지고, 번쩍 하니까 나타난다.

강비의 주먹이 허공을 갈랐다.

평범한 일권에 만근의 경력이 담긴다. 속도는 이전의 공격과 차이가 없다.

콰아앙!

거대한 나무가 폭음을 내며 박살 났다. 박살 난 잔해는 재가 되어 흩어지고 있었다.

사람의 무공이 이럴 수는 없다.

저 초혼신의 능력이 신비로움과 기괴함으로 물들어 있다면, 강비의 능력은 그저 무공의 극을 향해 나아가고 있었다. 그저 빠르고 강한데, 그것이 상상을 초월하니 어떤 것으로도 막을 수가 없다.

우웅.

순간 세상이 어두워졌다.

엄청난 크기의 시커먼 비단이 세상을 가리는 것만 같다. 흑색의 장막이었다.

그리고 그곳에는 오로지 강비와 초혼신, 둘만이 남았다. 옥인, 등효, 벽란은 이 공간에 존재하지 않았다.

불타오르는 강비의 눈이 초혼신의 신형을 정확하게 포착했다.

콰앙!

강비의 몸이 휘청, 물러섰다.

'튕겨 나갔다.'

공간이 일그러지는 듯한 광경이었다. 기묘한 뭔가가 야왕신권의 경력을 튕겨내 버렸다.

"대단해. 암신마공(暗身魔空)이 아니라면 점점 강해지는 네놈의 무공을 막기가 벅차겠다."

암신마공.

강비는 깨닫는다.

한 번도 들어보지 않았던 술수지만 자연스럽게 머리 한구석에서 떠오르는 기억.

번쩍!

눈앞에 번갯불이 튄 것 같았다.

그리고 펼쳐지는 기괴한 광경.

고집 어린 눈매의 어린 청년이 피투성이가 되어 전방을 노려보고 있는 환상이 일었다. 그리고 그곳에는 안개처럼 모호한 늙은이가 분노한 기색으로 뭐라고 소리를 치고 있었다.

'내 기억이 아니다.'

저런 광경을 본 적이 없다.

하지만 안다. 오래전에 겪었던 일처럼 뚜렷한 영상

이 떠오르는 듯했다.

"기억이 나나? 이전에도 비슷했지. 나는 너의 육신을 차지하려 했고, 너는 기어이 나를 거부했다. 어떻게 그런 일이 가능했는지 지금도 알 수는 없지만 말이다."

입에서 불이라도 뿜을 듯 한마디, 한마디에 분노가 철철 흐른다. 스스로 신이라 생각했던 자가, 누구보다도 인간적인 분노를 쏟아내고 있었다.

강비는 깨달았다.

초혼신은 지금 자신을 사부로 생각하고 있었다. 광무진인으로 보고 있었다. 강비가 아닌, 광무 그 자체로 생각하는 것 같았다.

그리고 또 하나, 깨닫는다.

'사부님과 초혼신은 옛날에 만난 적이 있어.'

자연스럽게 머리를 일깨우는 기억.

모든 것을 이해한다. 스스로 광무가 된 것처럼, 스스로 초혼신이 된 것처럼 그들 사이에 있었던 일들과 목적, 싸움, 종말까지 한순간에 깨달을 수 있었다.

초혼신은 광무진인의 육신을 빼앗으려고 했다.

수백 년에 이른 세월, 한 명의 술사가 있어 극에 이른 깨달음으로 혼과 육신을 이탈시키는 데에 성공하니 그가 바로 초혼신이었다.

몇 번이나 육신을 탈바꿈했을까.

저승으로 가야 마땅할 영혼이 이승에 남아, 포화된 영혼이 안착할 수 있는 그릇들을 찾아다닌다. 그리고 한 세대에 한 번씩 젊고 싱싱한 육체를 빼앗아 또 다른 초혼신으로 각성한다.

무공으로는 설명할 수 없는 영역이었다. 술법으로도 설명이 가능한 영역일까 모르겠다.

그러한 신비를, 초혼신은 행하였고 행하는 중인 것이다.

하지만 그 숱한 그릇들 중 유일하게 대항한 한 사람이 있었으니, 그가 바로 화산의 광무진인이었다. 강비의 스승이었다.

그것은 수백 년을 살아온 초혼신에게 지울 수 없는 상처이자 놀라움이었고, 분노였다.

스스로를 신으로 생각하는 초혼신에게 있어, 하찮은 인간이 자신을 거부했다는 것 자체가 모욕이었다.

끊임없이 광무를 괴롭히고, 상처 주었다. 몇 날, 며

칠을 싸우며 광무의 육신을 손에 쥐기 위해 날뛰었다.

하지만 광무는 굴하지 않았다.

어떻게 그것이 가능했는지 모른다. 천하 어떤 고수라도 초혼신의 강령(降靈)을 거부할 수 없을 것이다. 화산무제나 천무대종 정도의 신인이 아니라면 그럴 수가 없을 것이다.

그걸 광무가 해냈다.

그러나 광무라고 온전할 수는 없었다.

기어이 강령에서 벗어난 광무는 이전처럼 쉬이 무공을 펼쳐 낼 수 없었고 끊임없이 깃드는 정체 모를 유혹에 정신을 차리기 힘들었다. 광증에 시달려야 했다.

누구에게도 알리지 않은 광증.

광무는 화산을 떠나기로 결심한다.

세상에 퍼진 숱한 술사들을 찾아다니며 광증을 고치려 했지만, 결국 스스로 이겨낼 수밖에 없음을 깨닫고 정처 없이 천하를 방랑한다.

몇 년의 방랑. 몇 년의 시달림.

광무는 깨닫는다.

자신의 운명을.

초혼신을 죽이지 않는 한 자신에게 안식이 없음을 깨닫는다. 하지만 광무의 능력으로는 당장 초혼신을 죽일 수도, 찾아낼 수도 없었다.

후인을 물색하자.

초혼신의 절대적인 술법에 대항할 수 있는 무공을 만들어내자.

얼치기 술사들의 공격에 대항할 수 없을지언정 적어도 초혼신에게만큼은 무조건 대항이 가능한, 초혼신만큼은 능가할 수 있는, 만류(萬流)가 하나로 모이는 귀종(歸宗)의 무공을 만들어내자.

그리고.

나에게 안겨줄 수 있는 인재를 찾아내자.

공포가 무엇인지 알고 분노가 무엇인지 알고 기쁨이 무엇인지 아는, 강인한 자를 찾아내어 후일을 맡기자.

그때부터 광무는 치료에 손을 떼고, 술사들과 교분을 쌓기 시작했다.

고난의 세월이었다.

하나의 무공을 창안하는 것도 어려운 일인데, 초혼신이라는 초월적인 존재의 힘에 대항할 수 있는 무공을 창안해야 한다. 초혼신의 술법과 상극이 되는, 천적이 될 수 있는 무공을 만들어내야만 한다.

십 년, 이십 년.

그리고 삼십 년에 가까운 세월 동안 단 하나의 목표를 향해 뛰어다니던 광무는 마침내 무공의 초석을 세우고 기반을 다질 수 있었다.

또한, 찾아낼 수 있었다.

울면서도 기어이 적병을 해치워 내는 어린 군병을.

사람이 사람을 죽이는 현실에 무너지고 싶지만, 또한 그럴 수밖에 없는 현실에서도 인간성을 지켜낸 강인한 자를. 솔직한 자를 찾아낼 수 있었다.

후일을 맡기는 선에서 끝내려 했으나, 어느새 제자와 살아가며 짙은 정을 느낀 광무였다.

이 강인하고도 정이 많은 제자에게 광무는 차마 후일을 맡길 수 없었다. 그저 제자가 세상을 살아감에 있어 이 무공이 도움이 된다면, 그것으로 만족할 수 있었다.

광무는 제자가 좋았다.

제자를 위해서 목숨을 포기할 수 있을 만큼. 평생의 목표를 접을 수 있을 만큼 제자를 사랑하였다.

가족이 없는 광무에게 제자야말로 혈육이요, 아들이었다.

그것이 바로 강비의 육신에 원정지기를 불어넣어 살린 광무의 마음이었다. 숱한 고난에도 무너지지 않고 기어이 역작을 만들어낸 일대 천재의 인생이었다.

강비의 눈에 습기가 어렸다.

내부에서 들끓고 있는, 참으로 오래되어 느끼지도 못했던 스승의 원정이 당신의 과거를 알려주고 있었다. 초혼신이라는, 천하에 다시없을 대적과 마주하여 스러졌던 기억을 완전하게 개방하고 있었다.

스승의 처절한 고민이 느껴졌다.

스승의 불같은 분노가 느껴졌다.

스승의 절절한 슬픔이 느껴졌다.

스승의 소소한 체념이 느껴졌다.

"너."

강비의 눈동자가 타올랐다.

겁화의 불길, 천하를 불태울 광기의 안광이었다.

"너 따위 망령이 지금껏 사부의 안식을 방해하고 있었단 말이냐."

초혼신이 아니었다면 스승과 만날 수도 없었으리라.

하지만 초혼신이 아니었다면 스승께서 그런 고난의 세월을 살지도 않았을 것이다. 그리 괴롭지도 않았을 것이다.

한 번씩 자리를 비우셨던 이유는 무공의 완성을 위함이 아니었다. 광증을 이겨내기 위해서였다. 자학까지 해 대며 기어이 제정신을 차리셨던 것이다.

그 고통의 세월이 삼십 년이 넘는다. 그 사실을 깨달음에, 강비는 미쳐 버릴 것 같았다.

너무나도 느닷없이 만나, 갑작스레 깨달은 스승의 진실.

스승은 제자를 위해 모든 것을 포기했으나, 마침내 과거의 원한을 알게 된 제자는 포기할 수 없었다.

"널 죽인다."

파사사삭.

강비 주변의 어둠, 암신마공의 어둠이 걷혀 나가기 시작한다.

극에 이른 패왕진기가 초혼신의 시공 술법, 암신마공을 뿌리부터 흔들어 대고 있었다. 다른 누구도 아닌 초혼신의 술법이기에, 패왕진기는 비인(非人)의 술법을 모조리 흩어낼 수 있었다.

초혼신이 이를 갈았다.

핏빛 눈동자를 빛내는 그녀는 제정신이 아닌 것 같았다.

"이 미천한 놈이!"

퍼억!

초혼신의 몸이 뒤로 미친 듯이 튕겨 나갔다.

어느새 다가와 일권을 먹이는데, 번개가 따로 없었다. 대기 가득한 공기도 바람도 강비의 질주를 막아낼 수 없었다.

"이놈!"

콰지지직!

초혼신의 양손이 땅을 찍자, 그곳으로부터 무시무시한 뇌전의 기운이 타고 나가 강비의 몸을 때려 댔다.

콰르릉!

땅이 터지고 대지가 흔들렸다. 거창한 의식 없이도 순간적으로 발동이 가능한 뇌공진천극주포(雷公震天極呪砲)였다. 신화 속, 뇌공의 힘을 현실로 구현한 최고위 파괴 술법이 펼쳐진 것이다.

그러나 강비의 눈과 기세는 변함이 없었다.

붉은색 강건한 패왕진기는 초혼신의 극주포를 몸에 닿기도 전에 파괴시키고 있었다. 초혼신의 술법이기에, 강비에게는 아무런 소용이 없었다.

"이 빌어먹을 놈!"

초혼신의 오른손이 하늘을 향했다.

화아아악!

저 높은 곳에서, 거대한 붉은 광채가 나타났다.

벽란이 외쳤다.

"피해요!"

그 초월적인 싸움과는 한참이나 떨어진 거리였지만, 옥인과 등효는 그녀의 말을 그대로 따랐다. 애초에 상식이 통하는 싸움이 아닌 것이다.

재빠르게 영역을 벗어나는 그들.

등효의 눈에, 멍한 눈으로 이쪽을 바라보는 두 남녀와 한 마부가 보인다.

'빌어먹을!'

어서 움직이라고 재촉하고 싶었지만 그럴 수 없다. 정신이 이미 초혼신의 사기에 조금씩 침식당하여 제대로 움직이지조차 못하고 있었다.

파앙!

등효의 몸이 재빠르게 그들을 향했다.

화르륵!

하늘 높은 곳에서 떠오른 거대한 화염구는 또 하나의 태양과 같았다.

겨울의 차가운 공기는 온데간데없이 사라졌다. 습기는 찾아볼 수도 없다.

대기가 뜨겁게 타오르는 가운데, 마침내 거대한 화염의 구가 강비를 향해 쏟아졌다.

콰르르르릉! 슈우욱!

폭음과 함께 무언가가 녹아 들어가는 소음이 터졌다.

반경 이십여 장에 달하는 공간이 통째로 화염의 소용돌이 안에 빨려 들어갔다. 그 안으로 들어서는 모든 것들이 재가 되고, 소멸되며, 녹아 들어갔다.

비견될 만한 것이 없는 초고온의 불꽃.

이것이 바로 진정한 축융강림술이었다.

뇌공진천극주포라는 희대의 술법을 펼친 직후, 기다렸다는 듯이 축융강림까지 펼쳐 낸다. 그야말로 세상 모든 술법사들이 꿈꾸는 경지가 현실로 나타나고 있었다.

그럼에도.

그런 무시무시한 술법에서도 강비는 무사했다.

무사한 정도가 아니라, 펄럭이는 옷자락에 흠 하나가 나질 않았다. 타오르는 호천패왕신공의 힘이 초혼신의 모든 술법에서 그를 지켜주고 있었다.

화기와 뇌기 앞에서도 자유롭다. 무엇도 그를 건드릴 수 없었다. 초혼신의 술법이라면 그것이 시공을 건드리는 것이든, 세상을 불태울 축융이든, 번개 신의 강림이든 소용이 없었다.

초혼신의 핏빛 기색이 동공을 넘어 흰자위까지 침투했다.

광기에라도 물든 것인지 쉴 새 없이 입으로 무언가를 중얼거렸다. 그것은 주문 같기도 했고 혼잣말 같기도 했다.

"죽어! 죽어!"

사라라락.

이미 다 말라붙은 대기에서 수기(水氣)가 상승한다. 습기가 돌고 있었다.

저 멀리서 습기를 몰아오는 것이 아니라 공간 자체에 수기를 새로 창조해 내는 술법이었다.

축융, 뇌공과 같은 선상으로 언급되는 파괴술. 수신(水神) 공공(共工)의 강림, 공공대홍천관(共工貸洪天棺)이었다.

쏴아아아!

땅에서부터 일렁이던 거대한 물의 관이 하늘에 닿을 듯 솟구쳤다.

초고온으로 시커먼 구멍이 생긴 땅에서 자욱한 연기가 피어올랐지만, 공공의 술법은 끊임없이 솟구쳤다. 강비를 삼키고 하늘로 치솟고 있었다.

제대로 구사하면 작은 지역에 홍수까지 일으키는 무자비한 술법이, 단 한 명의 인간을 에워싸기 위해 펼쳐진다. 내부를 옥죄는 압력은 추측 불가다.

번쩍!

다시 한 번.

뇌공의 강림이었다. 뇌공진천극주포가 또 한 번 펼쳐지는 것이다.

두 개의 강신술법을 동시에 구사한다. 그것도 전력으로.

하늘 높은 곳에서 쏟아진 수천 발의 번개가 공공대홍천관 사이사이로 파고들며 번쩍이는 빛의 향연을 만들어냈다. 미친 듯이 위아래로 타오르는 시퍼런 번갯불, 그 안에 갇힌 자라면 신이라도 무사할 수 없을 듯했다.

하지만 하늘은 초혼신에게 너무나도 공포스러운 대적을 내려주었으니, 강비는 천적(天敵)이라는 글자 그대로의 뜻을 초혼신에게 가르쳐 주었다.

번개와 홍수로 이루어진 거대한 감옥 안에서 일순 희미한 적광이 번뜩였다.

쉬이이익! 퍼억!

초혼신의 홍안이 일그러졌다.

그녀는 자신의 아랫배를 바라보았다.

커다란 구멍이 뚫렸다. 구멍 주변, 새하얀 피부는 시커멓게 타들어갔다. 오장육부가 꾹꾹 담겨 있어야 할 곳이 전부 사라진 것이다. 피조차 흐르지 않았다.

사라라락.

마치 환상이라도 되는 듯.

눈 뜨고 보기 힘든 찬연한 빛무리들이 연기처럼 훅 사라졌다. 여기저기 박살이 난 땅이 아니라면 그와 같은 술법이 펼쳐졌는지 모를 만큼 급작스러운 변화였다.

저벅.

한 걸음 앞으로 내딛는 강비다.

이번 마지막 술법은 꽤나 강렬했는지 강비의 안색도 제법 창백해진 상태였다.

하지만 치명상은 아니다. 여전히 그의 몸에서는 막강한 진기가 맥동하고 있었다. 발걸음에 일렁이는 적색 기류도 이전과 전혀 달라지지 않았다.

"너의 술법은 내게 통하지 않아."

당당하게 선언하는 강비였다. 초혼신의 시뻘건 눈이 일그러질 대로 일그러졌다.

"광무! 네 이놈!"

그리 아름다웠던 목소리가 귀곡성이라도 되는 듯 찢어질 대로 찢어졌다. 마귀의 목소리가 따로 없다.

강비의 눈동자도 붉어졌다.

패왕기의 적색이 아닌, 핏발이 잔뜩 선 두 눈에는 무시무시한 분노만이 가득했다.

"스승님의 도호를 함부로 부르지 마라. 네깟 년이 언급해도 좋을 이름이 아니야."

천천히 올라오는 사모창.

구불구불한 창날이 정확하게 초혼신의 미간을 향했

다.

"몇 번이든 살아나 봐. 천 번이든 만 번이든 죽여줄 테니까."

퍼어어억!

빛살처럼 날아간 사모창이 대번에 초혼신의 머리통을 파괴시켰다.

아름다운 여인의 몸이 순식간에 끔찍한 시신으로 돌변했다. 배에는 커다란 구멍이 뚫렸고, 머리통은 아예 재가 되어 사라졌다.

스르륵.

초혼신의 머리를 박살 내고 땅에 꽂힌 사모창이, 저절로 떠올라 강비의 손에 잡혔다.

그의 눈살이 찌푸려졌다.

'뭐지?'

분명히 초혼신의 육신은 죽었다.

그럼에도 그의 패왕진기는 계속 타오르고 있었다. 주춤 기세를 잃었지만 이 반응은 초혼신을 눈앞에 두었을 때와 다르지 않았다.

그의 눈이 후방을 향했다.

한참이나 멀리 떨어진 그곳.

일행과 남궁, 팽씨, 마부가 앉은 그곳이었다.

'설마?!'

놀랍게도 초혼신은 아직 죽지 않았다. 초혼신의 영력이 느껴졌다. 그 영력의 반동으로 패왕진기가 아직까지 타오르는 것이다.

파아앙!

강비의 몸이 그곳을 향해 빠르게 짓쳐 들었다.

3.
초혼비사(招魂秘事)

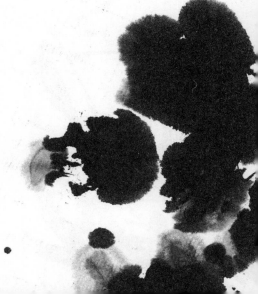

팽이화는 도대체 어떤 상황이 벌어졌는지 알 수가 없었다.

"정신 차려!"

우렁우렁한 외침.

귓속으로 들어가 머리를 확 깨우치는 사자후였다. 뺨까지 몇 대 맞자, 흐릿했던 그녀의 눈이 초점을 찾는다.

"이, 이게?"

그녀의 시야에 보이는 파괴의 광경.

모든 것이 박살 나 있었다.

객잔은 아예 존재나 했는지 모를 만큼 흔적도 없이 사라졌다. 땅에는 반경 이십여 장에 달하는 거대한 구멍이 뻥 뚫렸고, 대지 곳곳에는 삭막하게 마른 곳과 축축하게 젖은 곳이 군데군데 생겼다.

남궁표 역시 머리를 뒤흔들다가 이내 멍해질 수밖에 없었다. 살아생전 이런 광경을 본 적이 없었다.

옥인은 치를 떨었다.

"마치 고대 신(神)들의 전투 같군요."

정확하게 부합되는 비유였다.

신이 아니라면 이런 광경을 만들어낼 수 없을 테니까.

심지어 눈 깜짝할 새에 대지가 초토화되었다. 뭐가 번쩍, 번쩍 하니 번개가 치고 불꽃이 떨어지고 홍수가 났다.

대자연의 힘을 그대로 구사하며 싸운 자들.

벽란의 안색이 침중하게 굳어졌다.

"아직 본신의 힘을 완전하게 찾지 못했음에도 이 정도예요."

이보다 더 무서운 말이 또 있을까.

등효는 이를 악물었다.

"제기랄!"

벽란의 손이 등효의 좌측 상박을 향했다. 넋이 나간 세 사람을 안고 오느라 축융강림의 절대 고온에서 완전하게 벗어나지 못했던 것이다.

후우웅.

짙은 화상으로 쭈글쭈글해진 상박에 부글부글한 소리가 났다. 등효는 입술을 깨물며 그 고통을 참았다.

벽란의 이마에 땀이 서렸다.

"축융강림의 화기는 끊임없이 내부로 파고들어 이차, 삼차의 화상을 유발해요. 기실 팔 하나가 날아가지 않은 게 다행이지만."

끔찍한 말을 잘도 하는 그녀였다. 하지만 눈앞에 무서운 전투를 보고 난 이후라 동조하지 않을 수 없었다.

사아악.

점점 번져 가던 화상이 주춤거리다가 이내 그 영역을 축소한다. 벽란의 치유가 효과를 보고 있는 것이다.

"그래도 제법 시원하구려."

"빙백혼의 신기(神氣)예요."

"잘 빨아먹었소이다. 이렇게 도움이 되는군."

위급한 상황임에도 벽란은 피식 웃을 수밖에 없었다.

그때 저 멀리서 고약한 소음이 터졌다.

퍼억!

모두의 시선이 그쪽으로 돌아간다.

그곳에는 한 자루 창을 내던진 사내와, 끔찍한 죽음을 맞이한 여인이 있었다.

옥인의 입이 쩍 벌어졌다.

"이겼다?!"

너무 놀라운 일이라 스스로 말해놓고도 깜짝 놀랐다.

이겼다. 죽였다.

초혼방주를 이긴 것이다. 마주하는 것만으로도 무력감에 휩싸일 만큼 막강한 기파를 내뿜었던 절대강자를.

남궁표와 팽이화의 눈이 쉴 새 없이 떨려왔다.

제아무리 적이라지만 여인을 거리낌 없이 살상해놓은 강비의 뒷모습이 엄청난 압박으로 다가온 것이다.

온몸 가득 시뻘건 진기를 마구 흩뿌리는 모습은 가히 하늘에서 내려온 신장과 같았다.

눈으로 보지 못했다면 절대로 깨닫지 못했을 광룡왕의 신위.

특히나 팽이화는 이 먼 거리까지 닿는 강비의 기파에 침까지 꿀꺽 삼키고 있었다. 감당은커녕 도망치고 싶을 만큼 강비의 기파는 위엄으로 가득했다.

'진짜였어.'

분노와 질투, 적의가 눈을 가렸을 때는 몰랐던 한 무인의 진정한 힘이다.

남궁표는 한숨을 쉬었다.

'역시 소문과 다를 바 없는……. 끄르륵.'

순간 남궁표의 두 눈이 획 돌아갔다.

동공은 사라지고, 새하얀 눈동자 안에 실핏줄이 오도독 돋아난다. 몸은 학질에라도 걸린 듯 떨리고 피부는 점차 창백해져만 갔다.

"뭐야? 얘는 왜 이래?"

등효의 급박한 외침 아래로.

벽란의 손이 번개처럼 움직였다.

쐐애애액!

갑자기 미친 듯이 바람이 불더니, 남궁표의 몸이 허공으로 둥실 떠올랐다. 거대한 바람의 구체 안으로 남궁표 혼자 존재하는 것 같았다.

"모두 떨어져요!"

반응은 즉각적이었다.

이곳에서 벽란만큼 술법에 능한 사람이 없는 만큼, 일행의 반응은 즉각적이었다.

벽란의 손에서 부적 세 개가 타올랐다.

쾅! 쾅! 쾅!

땅에서 터지고 올라가는 세 개의 광주(光柱)가 남궁표의 육신을 둘러쌌다.

신비한 광경이었다.

"초혼신?"

어느새 다가온 것인지 사모창으로 남궁표를 겨눈 강비가 중얼거렸다. 그의 눈동자는 여전히 불꽃을 토해내고 있었다.

당장이라도 한 방 날리려는 기색이다.

"강 공자! 기다려요!"

"왜 기다려야 하지?"

강비의 무서운 안광이 벽란을 향했다.

모두가 침을 삼켰다.

강비가 달라졌다.

이전의 강비와 지금의 강비의 차이가 확연했다. 두 눈에서 흐르는 광채가 단번에 일행을 찍어 죽일 것만 같았다. 무서운 기파였다.

분노였다.

꺼지지 않는 짙은 분노.

이제껏 이만큼이나 분노에 사로잡힌 강비를 그들은 본 적이 없었다. 완전히 정신이 나간 것 같기라도 했다.

벽란 역시 가슴을 내리누르며 입을 열었다.

"지금 초혼신은 저 청년의 몸에 잠식해 들어가고 있어요. 당장 의식을 거행할 그릇이 없기 때문에 미봉책으로 가장 쉽게 강령이 될 육신을 찾은 거죠."

"그래서?"

벽란은 자신도 모르게 주먹을 불끈 쥐었다. 손아귀에 힘이라도 쥐지 않으면 강비의 시선을 감당하지 못할 것 같았기 때문이다.

"지금이 아니라면 초혼신을 소멸시킬 수 없어요."

느닷없이 나타난 초혼신.

느닷없이 펼쳐진 전투. 느닷없이 죽어나간 초혼신.

그리고 느닷없이 기회가 왔다. 정말이지, 이런 기회가 올 줄은 벽란도 상상하지 못했다.

"봉신안(封神眼)의 술법을 쓰면 초혼신을 반영구적으로 묶어둘 수 있어요."

봉신안. 초혼신.

강비는 입술을 깨물었다.

전신 가득 들어찬 분노가 천천히 사그라졌다. 일부러 감정을 억누르고 있는 것이다.

그는 심호흡을 했다.

그렇다. 지금은 초혼신이 들어선 육신을 죽이고 또 죽일 때가 아니었다.

죽이는 거야 언제라도 할 수 있다. 그러나 초혼신을 '소멸' 시키는 일은 언제나 가능한 일이 아니었다.

"좋아."

마침내 나오는 긍정의 대답.

벽란의 얼굴이 밝아졌다.

"고마워요. 정말 고마워요."

실상 고마운 사람은 강비였다. 벽란의 말에 제정신을 차렸으니까.

벽란은 침착하게 목을 가다듬었다.

"모두가 알아야 할 게 있어요. 저는 지금 초혼신의 영혼을 봉인하기 위해 술법을 쓸 거예요. 물론 술법을 전개하는 것 자체에 어려움은 없어요. 하지만, 초혼신의 영혼이 묶이면 후폭풍이 일어날 거예요."

"후폭풍?"

"초혼신은 초혼방 모든 술사들의 정점이자 아버지이며 시작이고 근원이에요."

"무슨 말이야, 그게?"

"초혼방의 술사들이 마혼주 초혼신을 신이라 부르며 영접하는 이유가 달리 있는 게 아니에요. 초혼방 술사들에게 있어, 그들 특유의 영력은 모두 초혼신으로부터 나와요. 초혼신을 봉신안의 술법으로 묶어두는 즉시 외부로 교통되는 영력의 흐름도 끊어지기 시작하겠죠."

"그 말은……."

"네. 맞아요. 초혼방 술사들은 술법을 펼칠 수 없게 돼요. 제아무리 고위층이라 해도 열흘 이내로 모든 술법이 통제됩니다. 만일 초혼신과의 단절이 한 달을 넘어서게 되면 그들의 육신에 들어찬 영력까지 소멸하고 말 거예요. 한 달 그 이상이 되면, 아마 원정까지 쇠하여 죽음에 이를 수도 있겠죠."

알려지지 않은 초혼방 최고의 기밀이었다.

하나하나가 경지에 이른 술사들. 그런 술사들의 능력이 결국 초혼신에게서 나왔고, 초혼신의 봉인은 곧 초혼방 소속 술사들의 봉인과도 같다는 뜻이다.

"평상시라면 봉신안에 저항할 수 있었겠지만, 지금의 초혼신은 강 공자의 공격을 받아 크게 힘이 쇠했죠. 지금이라면 봉신안의 술법으로 최대 반년까지 붙잡아두는 게 가능해요. 하지만 초혼신과의 영력이 끊어졌음을 깨달은 술사들이 가만히 있지는 않겠지요."

등효는 침중한 얼굴로 말했다.

"노리고 오겠군."

"그것도 빠른 시일 내로 올 거예요."

"예측 가능한 적의 숫자는?"

"초혼방 전체가 나서겠지요."

"뭐라고? 초혼방의 모든 술사들이 몰아닥칠 거라고?!"

아무리 술법의 봉인이니 영력의 봉인이니 하지만,

이렇게까지 큰 사태가 벌어질 줄은 몰랐다.

벽란의 얼굴이 굳어졌다.

"초혼신의 존재는 초혼방 술사들에게 그 어떤 가치보다도 우선합니다. 무조건 초혼신을 구하기 위해서 몰려들 거예요. 하지만 봉인이 되었으니 휘하 일반 술사들은 전력이 되질 않겠죠. 소수 정예로 몰려오게 될 겁니다."

말이 소수 정예지, 초혼방에서 당장 쓸 수 있는 모든 전력이 이쪽을 노리고 올 거라는 뜻이다. 상상만 해도 기가 질린다.

등효는 한숨을 쉬었다.

"이거야 원, 호랑이 하나 잡으니 늑대들이 난리를 쳐 대는군."

벽란의 얼굴이 심란해졌다.

"당장 초혼신을 포기하면 비무대로 가는 길이 안전하겠지요. 하지만 초혼신을 묶어두면 숭산 비무대로 가는 길이 무척 험해질 거예요."

그녀는 무척이나 조심스럽게 말하고 있었다.

그녀에게 있어, 초혼신이라는 존재는 일생일대의 원수와 같았다. 부모 형제가 초혼신에게 죽임을 당했는데 어찌 한 하늘을 이고 살겠는가.

게다가 이런 기회가 언제 또 올 것인가.

일행은 벽란의 고민과 미안함을 이해했다.

그녀는 절대로 봉인을 포기하지 않을 것이다. 하지만 초혼신을 묶어두면 일행이 위험해진다. 당장 포기하면 일행은 무사하겠지만 언제 초혼신을 잡을지 알 수가 없다.

두 가지의 고민. 두 가지의 길.

그녀는 이미 선택을 한 것이다.

옥인은 고개를 저었다.

"무조건 잡아야겠지요. 놔두면 언제고 또다시 악행을 저지를 위인입니다. 저는 아직도 신마주라는 기물을 써서 한 여인을 강시로 만들려 했던 그들의 악행을 잊지 않았습니다."

단호한 음색이었다.

벽란을 위로하기 위함이 아니라, 그 스스로 선택한 길이었다.

등효는 다친 팔을 빙빙 돌렸다.

"어차피 한판 벌일 거라면 나중에 골치 아플 바에야 지금 처리하는 게 낫겠지."

시원시원한 판단이었다.

강비는 팔짱을 끼었다.

"초혼신을 몇 번이고 죽인다 한들 내 분은 풀리지 않겠지. 어차피 도망칠 테니까. 이왕 잡은 거 아예 초혼방이고 뭐고 싹 쓸어버리도록 하지."

모두의 동의를 얻었다. 팽이화와 아직 정신을 차리지 못한 마부를 제외하고는 일행 모두가 초혼신의 봉인에 동의한 셈이다.

"잠깐만요!"

뾰족하게 들려오는 목소리.

팽이화였다.

사태가 어떻게 돌아가고 있는지 그녀로서는 알 수가 없었다. 다만 초혼방이니 초혼신이니 하는 단어들은 알아들을 수 있었다.

"지금 무슨 대화를 하고 있는 거죠? 초혼신? 봉인? 이게 무슨 말이에요?!"

등효는 콧방귀를 뀌었다.

"알 거 없어. 너는 마부를 데리고 안전한 곳으로 피신해라. 우리랑 따로 움직여."

"그게 무슨……!"

"닥치고 내 말대로 해! 죽고 싶어?!"

버럭 소리를 지르는데 불안정한 진기가 줄기줄기 뻗어 나온다.

팽이화의 안색이 대번에 창백해졌다. 숨기고 있을 때는 몰랐지만 고개를 쳐든 등효의 힘은 그녀의 무공으로 마주할 수 있을 만큼 약하지가 않았다.

경황 중에도 그녀는 마침내 깨닫고야 말았다.

이 일행은 그녀 자신의 시선으로 감당할 수 없는 이들이라는 걸. 그녀의 상상을 한참이나 초월한 막강한 고수들의 집단이라는 것을.

옥인이 손을 저었다. 부드러운 진기가 팽이화를 압박하는 등효의 기운을 몰아내 주었다.

"저는 화산의 옥인이라 합니다."

지금껏 일부러 밝히지 않았던 사실이었다. 팽이화의 눈동자에 놀라움이 깃들었다.

그는 허리춤에 매화검을 풀어 팽이화에게 건넸다.

"이곳에서 가장 가까운 현으로 가서 화산의 지부를 찾으십시오. 팽가와 연락을 해도 상관은 없습니다. 어차피 소저를 노리진 않겠지만 혹시 모르니 보호를 받는 게 좋겠습니다."

조곤조곤 말하는 옥인의 말투는 버럭 소리를 지르는 등효의 말투보다 훨씬 알아듣기가 쉬웠다.

팽이화는 고개를 저었다.

"그럴 수는 없어요. 무슨 일인지 모르겠지만 저는……."

"소저는 죽습니다."

"……!"

"우리와 함께하면 소저는 무조건 죽습니다. 초혼방의 모든 술사들이 우리를 잡기 위해 몰려들 거예요. 소저 정도의 무위라면 오히려 없는 게 우리를 위해서도, 소저를 위해서도 나을 것입니다."

옥인답지 않게 냉정한 말이었다.

팽이화는 입술을 깨물었다.

도움이 되지 않으니 전장에서 이탈하라.

무인에게 있어 이보다 더 모욕적인 말은 없다. 그러나 그녀는 감히 그들에게 대들 수가 없었다.

가문의 어른들보다도 강력해 보이는 고수들이 그리 말할 정도라면 이 싸움은 애송이인 자신이 끼어들 판이 아니다. 자존심은 상하지만 옥인의 말이 옳았다.

"하지만 저 친구는……."

벽란이 부드럽게 말했다.

"아직 초혼신이 육체를 완전하게 장악하지 않았어요. 봉인된 초혼신을 없애면, 친구는 무사할 겁니다."

결국 답은 나왔다.

팽이화는 쓰러진 마부를 부축하고, 서둘러 일행에서 이탈했다. 몇 번이나 뒤를 돌아보았지만, 결국 그녀가 있을 자리는 없었다.

등효는 한숨을 내쉬었다.

"떽떽거리는 애들이 없으니 세상 편하군."

그 말만큼은 일행 모두가 동감하고 있었다.

"자, 이제 시작하시구려."

"잠깐."

등효의 의아한 시선이 강비를 향했다.

"왜 그러시오? 뭐 걸리는 거라도 있소?"

"있소."

"잉?"

강비의 눈이 벽란을 향했다.

벽란은, 여전히 감은 눈으로 강비에게 고개를 돌렸다.

"벽란."

"네, 말씀하세요."

"너는 어떻게 되지?"

"무슨 말씀이세요?"

"너 역시 한때 초혼방에 속했던 사람이었어. 아니, 초혼신의 제자이기까지 했지. 하지만 네가 초혼신을 봉인하게 되면, 너는 어떻게 되는 거지?"

등효와 옥인이 놀란 눈으로 두 사람을 번갈아 보았다.

그렇다. 그걸 깨닫지 못했다.

벽란 역시 초혼방 소속의 술사였으니 초혼신과의 영력이 끊어지면 그녀에게도 타격이 오게 될 것이다.

그녀는 말했다. 영력의 단절이 한 달을 넘어서게 되면 원정에까지 손상이 올 거라고.

벽란은 그 앞에서 감히 무사하다고 말할 수 있을까.

"너는 아까 말했어. 봉신안이라는 술법은 반영구적인 술법이라고. 하지만 당장 초혼신을 붙잡아두는 시간은 반년에 불과하다고도 말했지. 반년이라면 물론 영구적이라고 할 순 없지만, 말의 괴리가 너무 커."

스스로의 감정을 다독이자 패왕진기도 수그러든다. 강비의 모습은 이전의 그와 같았다.

하지만 두 눈만큼은, 진실을 갈구하는 두 눈만큼은 어느 때보다도 강하게 빛나고 있었다.

"말해봐. 사실대로. 이전처럼 괜찮다고 말하면 용서 없어."

벽란과 강비 사이로 정적이 일었다. 등효와 옥인은 말없이 두 사람을 바라보았다.

얼마나 지났을까.

벽란은 한숨을 쉬며 말했다.

"강 공자 앞에서는 숨길 수가 없군요."

"문제가 되겠지?"

"맞아요. 문제가 되겠지요."

강비의 눈이 스산해졌다.

"그런데도 넌 초혼신을 죽이기 위해서 너의 생명을 포기할 셈인가?"

"생명을 불사르는 정도는 아니에요."

"설명해 봐."

"초혼방에서 나온 순간부터 저는 끊임없이 초혼신과의 영력을 소모시켰어요. 그로 인해 본래의 능력 중

사분지 일을 소실했죠. 하지만 그것은 곧, 초혼신과의 계약이 어느 정도 풀렸음을 의미해요."

"그래서 무사하다?"

"정확히는 죽지 않는다는 뜻이겠죠."

모두의 눈이 굳어졌다.

"하지만 저에게는 또 하나의 수가 있어요."

"빙백혼인가?"

"맞아요. 역시 눈치가 빠르시네요. 우연히 빙백혼의 신기를 빨아들였지만 저는 빙백혼의 신기를 완전하게 제 것으로 흡수하지 못했어요. 그럴 수가 없었죠. 평생을 다루어도 온전하게 품지 못할 만큼 신기의 농도가 짙었으니까요."

"……."

"제 몸에서 초혼신의 영력이 모두 빠져나가도 술법의 지식과 빙백혼의 신기가 남아 있어요. 강 공자가 무엇을 걱정하는지 알아요. 하지만 저는 절대로 죽지 않을 거예요. 초혼신이 죽으면 오히려 좋죠. 평생 무언가에 얽매일 필요가 없으니까요."

벽란의 말투는 당당했다.

두 눈을 볼 수는 없지만, 말투에서 진실이 풍겨 나

왔다.

강비는 가만히 그녀를 바라보다가 고개를 들어 남궁표를, 그 속에 있는 초혼신을 노려보았다.

"시작하자."

벽란의 입가에 미소가 어렸다.

"고마워요."

"뭐가?"

"그냥요. 저를 신경 써주셔서요."

강비는 그녀를 바라보다가 고개를 휙 돌렸다.

"허튼소리. 여기 있는 모두가 내게 소중한 사람이다. 나는 친구가 죽어나가는 데도 가만히 내버려둘 만큼 냉정한 사람이 못 돼."

담담하게 말하지만 또한 울컥하게 만드는 말이었다.

평소에 그리도 나른하게 지내는 강비라서 더욱 가슴을 뒤집어놓는다. 옥인은 미소를 지었고, 등효는 '거참, 닭살 돋게'라고 한마디를 내뱉었다.

그리고 벽란은.

아무도 모르게 주먹을 불끈 쥐었다.

'고마워요.'

목적이 있어서 접근했지만, 어느새 호감을 품어버린 사람이었다.

비록 이 설레는 감정이 꽃을 피우지 못할지언정, 너무나도 기분이 좋았다. 강비가 자신을 이리도 위해준다는 사실이 그녀를 들뜨게 했다.

생각해 보면 그는 이전에도 그랬다.

그녀와 등효를 구하기 위해서, 목숨을 걸고 천랑군주를 막아서지 않았던가.

그때부터 이미 강비는 그녀를 자신의 사람으로 생각하고 있었던 것이다. 자신과 얽히는 인연이라고 단단하게 믿고 있었던 것이다.

벽란의 입에서 활기찬 음성이 튀어나왔다.

"봉신안의 술, 시작하겠습니다."

"아, 그리고 하나 더."

"말씀하세요."

"봉신안이라는 술법으로 초혼신을 완전히 묶어두는 건 가능하다고 쳐. 그런데 놈을 어떻게 죽이지? 너도 전에 말하길, 누구도 초혼신의 영혼을 없애지 못한다고 했잖아?"

강비의 의문에 벽란은 예쁘게 웃어 보였다.

"저도 확실한 파괴의 방법을 몰랐다면 봉신안을 쓰려고 하지 않았을 거예요."

"그렇다면 그 방법이 있다는 것인가?"

"맞아요."

"알 수 있을까?"

"강 공자예요."

"음? 무슨 소리야?"

벽란의 입가에 스산한 미소가 어렸다.

"음양신께서 왜 초혼신의 죽음 앞에 군신을 언급했는지 알겠어요. 강 공자가 축이에요. 제가 보조하기만 하면, 강 공자가 봉인된 초혼신을 죽일 수 있어요."

*   *   *

무신성주 신회(信懷)는 곽동산을 보며 활짝 웃었다.

"참으로 오랜만일세."

"흑호령주가 성주님을 뵙습니다."

포권을 쥐며 몸을 숙이는 곽동산이다. 그 어느 때보다도 예의가 가득한 몸짓이었다.

"흑호령이 성주님을 뵙습니다!"

그 뒤를 가득 채운 흑색의 호랑이들.

장관도 이런 장관이 없었다. 무신성 최고의 전투부대 전원의 경배를 받는 자, 신회 역시 찌를 듯 올라오는 패기를 기분 좋게 받아들였다.

"일어나게. 원 사람 참, 자네는 너무 격식을 차려서 탈일세."

"감사합니다."

"한데 놀랍군. 자네 언제 이렇게 성장했나? 예전에 봤을 때보다 또 한 수 늘었군."

신회는 정말로 놀랐다.

이미 흑호령과 무신성의 몇몇 부대는 이 년 전부터 중원에 침투해 있었다. 말인 즉 그가 흑호령주 곽동산을 만난 게 무려 이 년 만이라는 뜻이다.

하지만 그 이 년이라는 세월 동안 곽동산이 이리도 성장했을 줄은 몰랐다. 그와 같은 경지를 구축한 사람이기에 오히려 더 놀랍다.

곽동산은 미소 지었다.

"아직 한참 멀었습니다."

자신감이 가득한 미소였다.

그는 언제나 이러했다. 성주 앞이라고 너무 수그리지도 않았고, 말투에서는 언제나 패기가 묻어나왔다.

무신성주 신회가 좋아하는 향기다. 강자의 향기였다.

신회는 잠시 고심했다.

"이거야 원, 큰일났군."

"무슨 일 있으십니까?"

"이번 첫 비무자가 누군지 알고 있을 텐데?"

"소성주 아닙니까?"

"소성주의 상대로 광룡왕이라는 아이가 나올 것 같군."

곽동산의 몸에서 물씬 패기가 일었다.

강비를 상상하는 것만으로도 당장 주먹이 불끈 쥐어질 정도다.

"그렇군요."

"자네, 광룡왕이라는 아이에게 졌다면서?"

"그렇습니다."

패배를 언급함에도 그는 당당함을 잃지 않았다.

진 건 진 거다. 패배가 수치스러운 게 아니라 패배

에 집어삼켜지는 것이 수치스러운 것이다.

신회는 빙긋 웃었다.

"지금의 자네를 보니 광룡왕이라는 아이의 수준을 알겠군. 박빙이었다고?"

"심리전을 기가 막히게 구사하더군요. 물론 저라서 걸렸다고 생각합니다."

신회는 혀를 찼다. 비록 이 년 만의 만남이지만 그는 곽동산의 눈을 보며 그의 성정이 전혀 변하지 않았음을 알 수 있었다.

"이 사람, 또 잔뜩 열 받아서 달려든 모양이군."

"그랬지요."

"결국 자네와 비슷하다고 보면 되는 건가?"

"그럴 겁니다."

확실히 범상치 않은 인재다.

신회는 가볍게 물었다.

"성장 가능성은?"

"추측 불가입니다."

"오호? 이건 또 의외의 평가로군."

"광룡왕 그자, 보통내기가 아닙니다. 천운이 닿았든 본인의 재능이든 그 나이에 그만한 경지를 구축한 것 자체가 불가사의지요. 짧은 시간이라 하나 얼마만큼의 성장을 이루어낼지 저는 짐작조차 할 수 없습니다."

곽동산은 진지했다.

다른 사람이 그랬다면 스스로의 패배를 무마하기 위해 상대를 고평가한다고 눈이라도 흘기겠지만, 곽동산은 그리 치졸한 자가 아니었다.

곽동산의 진지함이 신회 뒤에 시립한 감호에게 닿는다.

"어떠냐, 호아야? 흑호령주의 판단이 이렇다는데."

감호의 표정은 여전했다.

"제 대답은 이전과 같습니다. 이후에도 같을 겁니다."

확실히 남다른 패기다. 이런 패기 넘치는 녀석이기에 제자로 삼은 것이지만.

신회는 팔짱을 끼었다.

"절대 만만히 보지 마라. 듣자 하니 머리도 꽤 좋은 모양이다."

흑호령주가 제아무리 다혈질에 전투광이라 하더라도 상대를 격동시키는 심리전은 아무나 구사할 수 있는 게 아니었다. 상당한 지혜로움에, 실전 경험도 풍부할 것이다.

감호가 그를 상대함에 있어 어설픈 심리전은 통하지도 않을 듯했다.

감호가 고개를 숙였다.

"명심하겠습니다."

걱정하지 말라는 말보다 훨씬 마음에 드는 대답이다. 하기야 제자가 어련히 알아서 할까 싶기도 했다.

"소성주의 무공이 놀랍도록 증진했군요."

곽동산이 은근히 놀란 눈으로 감호를 바라보았다.

신회가 눈을 찡긋했다.

"내가 좀 많이 굴렸다네. 자기가 굴려달라니 별수 있나."

"몇 년 지나면 저도 감당하지 못하겠습니다."

진심 어린 감탄이었다. 감호는 그런 칭찬에도 흔들리지 않았다.

신회는 웃으며 팔짱을 풀었다.

"방심하지 말게. 몇 년이 아니라 일 년 안에 따라잡힐 수도 있어. 긴장 좀 해야 될 게야."

"하하, 저도 만만치 않을 겁니다."

나름 화기애애한 대화였다. 강자들, 싸움에 미친 자들의 대화는 생각보다 평범했다.

그때였다.

"령주님!"

느닷없이 멀리서 뛰어오는 한 무인이 있었다.

흑호령 소속의 무인이다. 어지간하면 놀라지 않을 흑호령 소속일진대, 그 어느 때보다도 급박한 표정을 짓고 있었다.

곽동산의 눈살이 찌푸려졌다.

"어느 안전이라고 그리 경망되게 구느냐. 성주님께서 계시다. 자중하도록."

"죽을죄를 지었습니다. 하지만 지급(至急)으로 도달한 정보가……."

신회의 눈에 흥미로움이 어렸다.

"어디 한 번 들어보지. 지급이라지 않은가. 오죽 급하면 이러겠나."

흑호령 무인은 침을 삼켰다.

"초혼방이 움직이고 있습니다."

"초혼방이?"

신회는 고개를 갸웃거렸다.

"그치들이야 항상 제멋대로 움직이지 않았나? 제할 일만 하면 어떻게 움직이든지 우리가 굳이 상관할 필요가 없을 텐데. 설마 그게 지급의 전부는 아니겠지?"

"강북에 거처를 마련한 술사들은 물론 강남에서 치고 올라오기로 약조했던 술사들까지, 그야말로 초혼방 소속의 모든 술사들이 하남으로 몰려오고 있다는 정보입니다."

신회의 얼굴이 굳어졌다.

곽동산과 감호라고 다르지 않았다.

"이유는?"

신회의 말투가 짧아진다.

"정확한 이유는 불명입니다. 다만 삼혼주의 연락책이 말한바, 초혼방의 생사가 걸린 일이라고 하였습니다. 그 일이 마무리되기 전까지 이번 전쟁에서 무기한 이탈하겠다고……."

콰직!

신회의 발밑으로 대지가 거미줄처럼 갈라졌다.

웃음을 잃지 않던 그의 얼굴이 한껏 일그러진다.

"전쟁에서 이탈을 해?"

"그, 그렇습니다."

"이유도 말하지 않았다고?"

"…그렇습니다."

신회의 눈이 하늘을 향했다.

맑고 깨끗한 그의 눈동자에 무시무시한 기운이 서렸다.

"이것들이 갑자기 단체로 미쳤나."

파락호와 같은 말투였다. 하지만 신회가 말하니, 누구의 말보다도 무섭게 들린다.

신회의 눈이 좁혀졌다.

'뭔가 이상하다 싶었더니만 이런 일이 생길 줄 몰랐군.'

중원으로 남하하며, 한 번씩 머리 한구석을 건드리는 묘한 예감이 들었다.

대수롭지 않은 예감이었다. 도가나 불가의 무공을 파고들었다면 모를까, 오로지 전투에만 특화된 무공을 극에 이르도록 연성하였기에 그의 예지(銳智)는 지닌 무력만큼 날카롭지 못했다.

"초혼방의 머리가 아직 삼혼주인가?"

"그렇습니다."

"삼혼주더러 보자고 해."

흑호령 소속 무인은 침을 삼켰다.

"받지를 않습니다."

"뭐라?"

"본성은 물론 비사림에서도 직접 초혼방에 연락을 취했지만 모든 연락이 불통되었습니다. 오로지 하남행에 집중하고 있습니다."

이 정도가 되면, 화가 나기에 앞서 궁금하지 않을 수 없었다.

"도대체 무슨 일이 벌어졌기에 이런 지랄들을 하는 거야? 초혼방주가 뒤지기라도 한 거야?"

그럴 리는 없다고 생각했다.

초혼방주는 비록 무공을 연성하지 않았지만 술법으로 최고의 위치에 선 자였다. 당장 자신과 자웅을 결해도 쉽사리 결판을 내기 어려운, 또 다른 세계의 절대자가 아니던가.

세상에 누가 있어 초혼방주를 죽일 수 있겠는가. 실력의 겨룸이라면 모를까, 무인보다 더 잡기 힘든 존재가 초혼방주였다.

신회조차도.

무신성주인 그조차도 초혼방주를 감히 가벼이 여기지 못했다.

신회의 눈동자가 깊어졌다.

'설마 그건 아니겠지.'

그는 초혼방에 대해서 남들보다 훨씬 많은 것들을 알고 있었다.

초혼신의 존재. 초혼신과 술사들의 관계.

외부로 유출될 리가 없던 초혼방의 비밀을 그는 선대의 입을 통하여 직접 들었다.

'아니다. 이 세상에 초혼신을 붙잡아둘 수 있는 존재는 없어. 설마 무제와 대종이 나섰나? 그랬을 수도……. 그러나 설령 화산무제나 천무대종이 나선다 해도 죽였다면 죽였지 잡을 수는……. 설마 진짜로 죽은 건가?!'

만일 초혼신이 말 그대로 소멸해 버렸다면 당장 초혼방 소속 술사들 중 태반이 목숨을 잃었을 것이다. 정보가 이곳까지 도달하지도 못했을 것이다.

그렇다면 아직 초혼신이 죽은 건 아니다. 아무리 나쁘게 봐줘도 죽기 직전의 상황은 될 게다.

'하지만…….'

어쨌든 초혼방에 큰 사건이 터진 듯했다.

그 어느 때보다도 큰 사건이.

"흑호령주."

"예."

"본성의 모든 병력을 중원으로 끌고 오라고 해."

곽동산과 감호의 얼굴이 심각해졌다.

무신성의 병력 중 절반 이상이 새외에서 칼을 갈고 있었다. 훗날 강북을 압박하려는 용도로 남겨둔 무신성의 병력을, 지금 신회는 모조리 끌고 오라 하는 것이다.

곽동산은 고개를 숙였다.

"성주님의 명을 받들겠습니다."

신회는 주먹을 움켜쥐었다.

"도대체 이게 무슨 일이야."

＊　　　　　＊　　　　　＊

"루주님!"

문짝을 때려 부술 기세로 들어오는 당선하를 보며 진관호는 기겁했다.

"야!"

"루주님! 들으셨어요?!"

"야, 인마! 이게 뭐하는 짓이야!"

당선하가 버럭 화를 냈다.

"지금 문짝 뜯어진 게 문제에요?"

"문짝 뜯어진 게 문제가 아니라 네 옷차림이 문제야, 인마! 옷 좀 입고 다녀!"

속살이 훤히 비치는 침의(寢衣)를 입고 달려온 당선하였다. 하지만 그녀는 조금도 부끄러워하지 않았다.

쾅!

탁자를 치는 그녀의 손길이 매섭다. 진관호도 찔끔 놀라 어깨를 움츠렸다.

그 와중에도 살짝 덜렁이는 당선하의 가슴을 보고 있으니, 그도 사내는 사내다.

"긴급 정보예요!"

"뭔 긴급 정보길래 그런 고마운, 아니 선정적인 옷차림을 하고 여기까지 들이닥쳤대?"

"초혼방이 움직였어요!"

심상치 않은 대답이다. 진관호의 안광이 불을 뿜

었다.

"자세히 말해 봐."

"초혼방의 모든 병력이 하남으로 집결하고 있어요."

"뭐라고?!"

"정확한 이유는 불명이에요. 다만 중원의 상단, 문파 등 숨어든 세작들까지 모조리 들고 일어섰어요. 집결하는 속도가 엄청나게 빨라요. 무슨 술법 비슷한 걸 쓰고 있는 것 같은데, 중간에 이탈하는 자들도 부지기수랍니다. 말 그대로 목숨을 걸고 집결하는 모양새예요."

진관호가 벌떡 일어났다.

"뭐야? 갑자기 뭔 일이야, 이거?"

"저도 모르죠! 하지만 집결 속도가 너무 빨라서 정보원들도 정확히 얼마나 모여들고 있는지 파악할 수가 없대요. 한 시진 전에는 백 단위의 이탈자가 생겼다고 하는데, 이동하다가 피를 토하고 주저앉은 술사들도 많았대요."

가슴속을 치고 들어오는 불안감.

'설마 이거였나?!'

일이 어떻게 된 건지 자세하게는 알 수 없다. 하지만 직감적으로 깨달았다. 극에 이른 깨달음이, 육감이 진실을 외치고 있었다.

강비다.

강비 일행에게로 초혼방의 술사들이 모여들고 있는 것이다.

그것도 한두 명이 아닌, 초혼방의 모든 술사들이.

진관호는 이를 악물었다.

"서문 노인은?"

"네?"

"서문 어르신! 어디에 계시냐고!"

뭉클 솟아나는 기파였다. 급박함이 느껴지는 무신의 기파에 당선하의 얼굴이 새파랗게 질렸다.

"서문 노인은 의뢰를 수행하러 어제 호북으로……."

"당장 연통을 보내! 빨리 강비에게 붙으라고!"

"그게 무슨?"

"설명할 시간 없어! 이운, 유소화, 하일상 전부한테다 연락해! 무혼조 전부를 강비에게 붙여! 천아에게도 연락해!"

당선하의 얼굴이 굳어졌다.

"루주님, 지금 그게 무슨 뜻인 줄 알죠? 천의맹과의 관계가 틀어질 수도 있어요."

천의맹의 의뢰로 중원 각지에서 세작을 박살 내는 데에 집중하고 있는 무혼조였다. 그런 무혼조가 하던 일을 내팽개치고 의뢰지에서 이탈한다는 것이다.

심지어 장천은 더하다. 그는 지금껏 자리를 비워두었던 것이 미안했는지, 당선하가 맡았던 일들까지 홀로 감당하는 중이었다.

진관호의 두 눈에서 신광이 뿜어졌다.

"항의하면 다 박살 낸다고 해."

"…네?"

"천의맹이건 나발이건, 개소리하면 다 작살날 거라고 개방에다가 똑똑히 전해!"

콰지직!

집무실의 모든 집기들이 무시무시한 기파에 휩쓸려 나갔다.

급박함이 느껴지는 기파. 분노가 한껏 서린 기파였다. 눈앞에 적이 있다면 그대로 갈아버릴 듯한 무신의 기도였다.

당선하의 얼굴이 침중하게 굳어졌다.

진관호는 지금 진심이었다. 단순히 화가 나서 뒤집겠다는 게 아니라, 정말로 이쪽을 건드리면 천의맹이건 삼대마종이건 전부 박살 내겠다고 다짐하는 것이다.

지금껏 한 번도 보여주지 않던 과격한 모습. 하지만 진심이 가득 느껴지는 그 모습.

당선하고 고개를 숙였다.

"루주님의 말씀, 그대로 전하겠습니다."

쾅!

진관호의 주먹질에 탁자가 그대로 부러졌다. 흩어지는 서류들이 허공을 노닐었다.

그렇지 않아도 불안했다. 그러나 강비라면 이겨낼 수 있을 거라고 생각했다. 그와 함께하는 인재들이 있으니 아무리 불안해도 별일이야 있겠나 싶었다.

하지만 그 불안함이 이런 결과로 나타날 줄은 상상도 못했는데.

"이것들이 잠자코 있었더니……."

지금껏 루주로서의 자세를 고수했다. 암천루라는 조직을 이끄는 자로서 그는 절대 경동하지 않았다. 참고 또 참았으며 울컥 화가 나도 열 번, 스무 번을 다독이며 웃음 지었다.

오대세가가 단체로 본진을 공격했을 때도.

모조리 쓸어버리고 싶었지만 쥐새끼처럼 빠져나가 최대한 암천루를 유지하기 위해 전력을 다했다.

이젠 참을 수가 없다.

서문 노인을 잃을 뻔했고, 강비 또한 잃을 뻔했다. 그런데 이제 또 술사라는 족속들이 총공격을 한단다. 이게 도대체 몇 번째란 말인가.

어차피 암천루는 양지로 올라설 수밖에 없다? 음지에 숨을 수 없다?

다 필요 없다.

암천루도 좋지만 암천루라는 조직보다도 더 우선되는 가치가 무엇인지 그는 알고 있었다.

그리고 그 가치를 건드리는 자들을, 이제는 참고 보기가 어렵다.

의뢰라는 형태로 돈을 버는 조직.

그리고 어쩔 수 없이 동료들을 사지로 보내는 주인.

모든 관계를 파괴시킨다. 더 이상 참을 수 있는 한도를 넘어서 버렸다.

"똑똑히 알려주도록 하마. 너희들이 지금 누굴 건드

리고 있는지."

쌓아두고 참아두었던, 숨죽이고만 있었던 또 다른 무신의 분노가 세상을 향해 울려 퍼졌다.

한 시진 후.

모든 보고를 받은 진관호는 당선하에게 전권을 위임한 후 본진을 이탈했다.

*   *   *

벽란의 술법은 언제 보아도 놀라웠다.

남궁표와 함께 두둥실 떠 있다.

완전히 정신을 잃어 번듯하게 누운 남궁표. 그리고 허공에 앉아서 남궁표의 이마에 손을 댄 채로 연신 중 얼거리고 있는 벽란.

그 두 사람 주위로 수를 헤아리기 어려운 도형들이 빙글빙글 돌아가고 있었다. 색색의 광채가 두 사람을 에워싸는데, 세상에 이런 광경이 또 없다.

파바박!

일행은 빠르게 달려 나갔다.

그리고 그들 사이로 벽란과 남궁표가 두둥실 뜬 채

일행의 속도와 보조를 맞추며 나아가고 있다.

언제라도 구경하고 싶은 광경.

그러나 일행은 이 신비로운 광경에 눈을 빼앗기지 않았다.

강비가 외쳤다.

"뭔가가 오고 있소."

전방이 강비.

후방 양측에서 옥인과 등효가 달리는 중이다.

등효는 주먹을 불끈 쥐었다.

"벽 소저의 말을 듣자 하니, 적들도 무슨 작전을 짜고 움직이진 않을 거요."

"동의하오. 개떼처럼 몰려들겠지."

어떻게 보면 상대하기 쉽겠지만 또 달리 보면 상대하기 까다롭기도 하다.

적당히 머리 굴릴 줄 아는 놈들이라면 꾀를 써 역공을 가할 틈이라도 있을 터.

하지만 초혼방의 술사들은 지금 전신전력으로, 무조건 초혼신을 구하기 위해 미친 듯이 달려오고 있었다.

작전이고 뭐고 그냥 물어뜯을 것이다.

강비는 눈을 감았다.

심안으로 길을 잡고, 심안으로 기세를 파악한다.

'꽤나 먼 거리. 하지만 달리는 속도로 보건대……'

그의 눈이 번쩍 뜨였다.

"일각에서 이각 사이, 적들과 조우할 거요. 모두 준비하시오."

"알겠소."

옥인은 조용히 천라검을 빼들었다.

"옥인."

"말씀하세요."

"아무래도 네가 신경 좀 써야 할 거야."

등효도 옥인도 강비의 말을 알아들었다.

옥인은 신병이기, 천라검을 들고 있었다.

정확히 어떤 공능을 보여줄지 모르겠지만 필경 술사들에게 대단한 위협이 될 것이다.

그간 보여준 신병이기들의 힘이 그러했다.

등효는 지금 부상 중이다. 움직인다면 어떻게든 움직이겠지만 좌측 상박의 축융화기가 아직까지 그를 괴롭히고 있었다.

만일 벽란의 일차적인 치료가 없었다면 진즉 팔을

잘라내 버려야 했을 터다. 그나마 등효의 자체 치유력이 워낙 대단하지 않았다면 지금쯤 고열을 앓고 있었을 것이다.

등효는 어깨를 으쓱했다.

"옥인 도사. 나 좀 책임져 주시오."

전투에 들어가기 직전에도 이런 농담을 하는 걸 보면 확실히 남다른 배포다. 옥인은 빙긋 웃었다.

"걱정하지 마십시오."

강비는 패왕진기를 끌어 올렸다.

전신 가득 서리는 적색의 광채.

'달라졌다.'

초혼신과의 전투 이후.

호천패왕신공 자체가 이전과 달라졌다.

당장이라도 폭발할 것만 같았다. 완전하게 다듬었다고 생각한 거친 기세가 또다시 살아나는 기분이다. 처음 무공을 배웠을 때 이상으로 거친 기운이었다.

그러나 감당할 수 있다. 제어할 수 있다.

'성장.'

신공 자체가 성장하니, 그 신공을 익힌 강비의 무력도 성장할 수밖에 없다. 온전하게 자신의 것으로 만들기 위해서는 노력을 해야겠지만, 이미 초월자의 세계로 들어선 강비이기에 갑작스러운 변화에도 쉬이 적응할 수 있었다.

시기도 적절했다. 마침 숱한 술사들이 다가오는 중이다.

신공 자체가 초혼신을 겨냥하고 만들어진 무공이지만, 결국 초혼신의 영력을 이어받은 술사들이니 다른 사람들보다 술법 대처에 있어 꽤 뛰어날 거라고 생각한다.

하물며 이렇게 타오르는 와중이니.

강비의 눈이 번뜩였다.

"온다!"

화아아악!

말과 동시에 좌우측에서 달려오는 자들이 보인다.

화려한 복장. 창백한 안색.

직위가 뭔지, 이름이 뭔지도 모른다. 다만 그들의 몸에서 이는 기이한 힘은 벽란에게서 느껴지던 힘과 비슷했다.

물론 그 농도에 있어서는 비교가 안 되지만.

강비의 왼손이 가슴을 훑었다. 이제는 몇 자루 없는

비수를 뽑아든 것이다.

퍼어어억!

손가락을 튕기자 좌우로 날아간 비도 두 자루가 막 나타난 술사들의 이마를 꿰뚫었다.

나타나자마자 죽어나간 그들.

하지만 정작 죽은 그들의 눈동자에 서린 감정은 전혀 변하지 않았다. 죽었음에도 눈동자에는 다급함이 가득했다. 생명 그 자체에 위협을 받은 듯했다.

어느 순간 전방에서 희미한 빛무리가 어렸다.

무슨 신비한 술법이 아니다. 하지만 무척이나 위협적이다.

똘똘 뭉친 기운. 그대로 쏘아 보낼 작정인 듯했다.

강비의 사모창이 움직였다.

퍼어엉!

쏘아 보내기 직전에 패왕기가 나아가 광채 자체를 박살 냈다.

이것은 무공과 술법의 영역이 아니었다. 말 그대로 힘으로 박살 내고 밀어버린 것이다.

비명을 지르며 쓰러지는 술사 세 사람이 보였다.

우르르.

대지가 울린다.

이곳을 향해 엄청난 숫자의 술사들이 몰려들고 있는 것이다.

'하지만… 줄어들고 있다.'

숫자만 족히 삼사백은 될 듯했다. 그야말로 엄청난 숫자다. 강호에서 술사들의 수가 무인의 수보다 압도적으로 적다는 걸 감안한다면 더욱 놀랍다.

그러나 줄어들고 있다.

기운 하나하나가 확 줄어들었다. 개중에는 생기가 빠져나가는 이들도 느껴졌다.

죽은 것이다.

목표물에 도달하기도 전에 생명이 끊어지는 자들.

초혼신과의 영력이 끊어짐과 동시에 원정이 깨져 버려 생명을 잃은 듯했다.

'좋아.'

정말 실력이 좋은 자들이 알아서 죽어나갔으면 좋겠지만, 졸개들이 죽어나가는 것만으로도 감지덕지다. 아까운 곳에 힘을 낭비할 이유가 줄어드는 것이다.

번쩍!

하늘 높은 곳에서 시퍼런 번갯불이 번뜩였다.

초혼신이 구사하는 뇌공의 술법과 비교하자면 그야말로 보름달 앞에 반딧불과 같았다. 하지만 그래도 위협적이다. 적어도 일행에게는 위협적일 것이다.

강비의 왼손이 이글거리는 빛의 광채를 향해 휘둘러졌다.

콰아앙!

번개가 내려침과 동시에 진기가 파랑을 일으키며 충격파를 일으켰다.

손이 저릿저릿하다. 확실히 초혼신이 구사하는 술법이 아니라서 완전한 방어는 불가능한 것 같았다.

'이 정도면 괜찮아.'

상당한 경지의 술사라는 생각이 든다. 번개에서 느껴지는 기운이 그러했다.

하지만 그런 술사가 내친 공격을 이 정도 충격으로 받아낼 수 있다면 버틸 만하다. 숭산, 비무대에 달하기 전까지는 어떻게든 해볼 수 있겠다는 생각이 들었다.

그러나 언제까지 다가오는 공격을 받아줄 수는 없다.

충격을 축적하는 것보다 더 좋은 방법이 있기 때문이다.

우우웅.

심안이 열린다.

그 어느 때보다도 넓은 범위를 아우르는 심안이었다. 다행히 저쪽에서는 무턱대고 덤벼드는지라 하나하나 다 걸리고 있었다.

'내공 소모가 제법 심하겠지만.'

그의 사모창이 불을 뿜었다.

쾅앙! 퍼어억!

끔찍한 소음이 연이어 주변을 울렸다.

비명조차 지르지 못하고 죽어나가는 술사들이었다. 공격을 하기도 전에 원거리 진기 폭격을 감행한다.

비슷한 경지의 무인이라면 어렵지 않게 파쇄할 만한 공격들이지만 술사들은 그렇지 않았다.

심지어는 방어도 안 한다. 무조건 공격이었다.

옥인도 그것을 깨달았는지 크게 외쳤다.

"적들의 목표는 무조건적인 파괴예요!"

정답이다.

이쪽 일행 중 누가 죽어도 상관이 없다. 그냥 힘으

로 밀어버려서, 초혼신이 봉인된 것을 풀어버리겠다는 의도다.

그러다가 초혼신이 봉인된 육체가 박살 나면?

그래도 전혀 거리낄 것이 없다. 어차피 초혼신의 영혼은 죽지 않는다. 어떻게 해서든 주변을 훑어서 육체를 전이할 것이다. 꽤나 긴 시간 동안 잠들겠지만 적어도 영력의 소멸과 원정의 파괴는 일어나지 않을 것이다.

그래서 그들은 목숨을 도외시하고 덤벼드는 것이다.

"이쪽에서도 무조건 먼저 공격해! 선수를 쳐!"

말은 쉽다.

등효는 욕설을 내뱉으며 주먹을 휘둘렀다.

파아아앙!

강력한 권풍이 십여 장의 거리를 좁히며 술사 한 명의 머리통을 산산이 부쉈다.

옥인의 검풍이 대기를 가르며 술법 자체를 갈라 버린다. 천라검의 신비한 힘 때문인지, 술법의 파괴는 무척이나 쉬웠다.

옥인의 시선이 벽란에게 닿았다.

끊임없이 술법을 전개하며 일행을 따라가는 벽란. 참으로 놀라운 모습이지만 방해해서는 안 된다는 생각이 들었다.

'몸으로라도 막는다.'

친분이 깊든 얕든 그건 문제가 되지 않는다. 옥인의 두 눈에 화산 산세의 험준함이 그대로 맺혔다.

퍼버벅!

술법이 박살 나고 눈에 보이지 않는 거리의 술사들이 죽어나갔다.

얼마나 지났을까.

불쑥 나타난 술사는 나이가 꽤 들어 보인다. 나이만큼이나 느껴지는 힘도 강력했다.

지금까지 덤비던 술사들과는 차원이 다른 자들.

드디어 본격적인 전투가 시작된다. 강자들의 등장이었다.

심지어는 육안으로 훤히 보일 만큼 접근한 술사들이 보였다.

콰앙! 콰아앙!

적당한 힘으로 사모창을 휘둘렀지만 술사의 손끝에 맺힌 불덩이로 인해 모든 창격이 무산되었다.

강비의 눈이 번쩍였다.

퍼어억!

사모창 일격으로 화기를 제어하고 허공을 타격한 권력이 술사의 몸통을 그대로 찢어발겼다.

'점점…….'

짧게는 일 초, 많아야 삼 초 이내에 죽어나가던 술사들은 더 이상 보이지 않는다.

자욱하게 일어나는 기의 파동.

작정하고 공격하진 않았지만 강비의 번개 같은 출수에서 십 합 이상을 버텼다. 이 정도의 강자들이 무더기로 나타나고 있었다.

"힘내!"

죽고 또 죽는 술사들.

막아내고 또 막아내는 일행.

태양이 서산으로 지고, 휘영청 맑은 달빛이 어둠 속에서 고고하게 빛나는 밤이 찾아왔다.

그럼에도 싸움은 끝나지 않았다. 몇 시진이 지났는지 감도 안 온다.

강비의 눈동자가 깊어졌다.

'등 형이…….'

내색은 하고 있지 않지만 심안으로 본 결과, 일행 중 가장 체력 소모가 심하다. 그 괴물 같은 체력과 회복력이 아니었다면 이미 호흡에 이상이 왔을 것이다.

초혼신의 축융강림, 화기에 당해서 그렇다. 한 번의 화상으로 끝나지 않는 신의 불길이 강건한 등효의 몸을 천천히 갉아먹고 있는 것이다.

오히려 지금까지 버틴 것이 놀라울 지경이다. 그런 내상을 당했다면 강비조차 이리 버티기 힘들었을 터다.

옥인도 등효의 체력 소모를 인식했는지 등효가 맡은 방위까지 최대한 자신의 검으로 막아내고 있었지만 그것도 한계가 있다.

강비의 심안이 벽란에게 향했다.

사위를 에워싸는 도형의 빛이 무척 강하다. 강비는 본능적으로 봉신안의 술법이 끝을 향해 나아가고 있음을 깨달았다.

'좋아. 조금만 더 버티면 벽란도 전권에 들어온다. 한숨 돌릴 수 있어.'

일행보다 훨씬 쉽고 효율적인 대응이 가능할 것이

다. 그때까지 조금만 버티면 된다.

　그러나 그들의 고난은 끝나지 않았다. 아니, 이제
시작이라 봐도 무방했다.

　광기에 휩싸여 덤벼오는 진짜배기 술사들을 파헤치
며 전진하는 일행들 뒤로.

　마침내 초혼방 최고위 술사들이 어두운 그림자를 드
리우고 있었다.

4.
무혼집결(武魂集結)

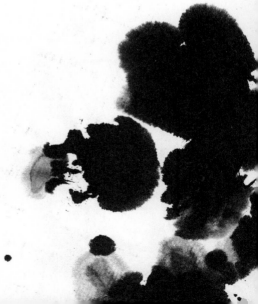

"꽤 순조롭게 진행되고 있습니다. 이대로만 가면 곧 중원 전체에 깔린 삼대마종의 세작들이 모두 색출될 겁니다."

선풍개의 보고를 들은 위진양은 고개를 끄덕였다.

"수고가 많았네. 광견단이 어지간히 날뛰었겠어."

"하하. 본방의 제자들 전체가 그러겠지요. 우리 애들이라고 딱히 더 고생하는 건 없습니다."

위진양은 피식 웃었다.

말과는 달리 선풍개와 광견단이 맡은 작업량은 상상을 초월했다. 개방 내의 어떤 방도들보다도 바쁘게 움직이는 자들이다.

그러고도 이런 넉살을 보여주니 무척 고마웠다.

"그나저나 방주님."

"음?"

"강비 그 친구는 어땠습니까?"

"아, 강 아우. 좋은 동생이지."

"벌써 형동생 하십니까?"

"나는 동생 삼았는데 걔는 영 아닌 것 같더라고. 뭐 어쩌겠어?"

"은근히 민폐이십니다."

위진양이 킬킬 웃어 댔다.

"걔도 별말 안하니까 괜찮아. 말이야 바른 말이지, 십만 거지의 우두머리와 형동생 하는 사이라면 지한테 복이지 나한테 복이겠어?"

"성장하는 속도를 보면 방주님의 복일지도 모릅니다."

"그러고 보니 자네도 한 번 봤다고 했었지?"

"그랬지요. 그때도 굉장히 인상적이었습니다만."

"지금은 아마 상상을 초월할 거야. 아직은 내가 한수 위라고 생각하는데, 그거 언제 뒤집어질지 모르겠더라고. 무서운 놈이야."

"십만 개방도의 주인께서 약한 소릴 잘도 하십니다."

"사실이 그런걸, 뭐."

"확실히 암천루는 보통 조직이 아닙니다. 얼마 전에 루주와 만났는데, 기가 막히더군요. 숨통 콱 막히는 줄 알았습니다."

위진양의 눈동자가 아련해졌다.

"그래, 그러겠지."

암천루의 루주, 진관호.

천하삼절의 일인인 비천신.

'사형.'

서신으로만 연락을 주고 받은 지 한참이다. 이제는 어떤 얼굴을 하고 있는지 기억조차 나지 않는다.

그러나 그 웃음은 기억이 났다. 처절한 눈빛만큼은 기억이 안 날 수가 없었다. 사제를 위하는 눈이요, 웃음이었기에, 죽음 앞에서도 잊지 못할 것이다.

선풍개는 살짝 목소리를 죽였다.

"준비는 잘되어 가십니까?"

"뜬금없이 뭔 소리야?"

"폭탄 말입니다."

아련했던 위진양의 눈동자가 스산하게 가라앉았다.

"착실하게 준비되는 중이지. 연초 비무가 벌어지기 전에 터트릴지, 이후에 터트릴지 생각 중이야."

"비무가 벌어진 후에 터트린다면……."

"그래. 우리가 승리하든 패배하든 걸러낼 건 걸러내야 해."

"하지만 설혹 질 경우, 폭탄까지 터지면 믿고 따랐던 이들의 정신적 타격도 상당할 겁니다."

"상당한 수준이 아니겠지."

"그럼에도 비무 이후를 염두에 두고 계셨습니까?"

"아직 모른다니깐. 그전에 터트릴지, 이후에 터트릴지. 뭐, 하기야 이후로 기울어지긴 했지."

"이유를 알 수 있겠습니까?"

위진양은 가만히 팔짱을 끼었다.

"자네가 말했지, 충격이 클 거라고."

"그랬지요."

"자네가 걱정하는 게, 안 그래도 비무에서 패배한 중원 무림에 큰 혼란이 이는 거 아니야? 그래서 제대로 싸움조차 못 할 거라고 생각하는 거 아닌가?"

"대놓고 고백하자면, 그렇습니다."

"전혀 그렇지 않아."

"예?"

위진양의 두 눈에서 희미한 광채가 뿜어졌다.

거지 위진양이 아닌, 지혜로운 용두방주의 눈동자였다.

"비무에서 진다면 패배감이 크겠지. 이후에 권력자들의 비리까지 터지면 난리가 나겠지. 자신의 안위와 배를 채우기 위해 아군의 정보까지 적들에게 판 그들을 보며 배신감에 치를 떨겠지. 어쩌면 망연자실해서 칼도 못 들지 몰라."

"그걸 우려하는 겁니다만."

"그 이후에는?"

"예?"

"그 이후에는 어떻게 될 것 같아?"

"……."

"중원 무림을 지나치게 과대평가할 필욘 없지만, 과소평가하지도 마. 아무리 충격을 먹어도 이쪽은 절대 꺾이지 않아. 어떻게 해서든 부활할 거다. 오히려 이전보다 훨씬 더 크게."

"그렇습니까?"

"전 무림이 분노할 거다. 전 무림이 악에 받칠 거야. 산골에 처박혀 애들을 가르치던 이름 모를 무인들까지 눈에 불을 키게 될 거다. 하면 그들의 분풀이 상대는 누가 될 것 같으냐?"

"……!"

"비무에서 패배한다? 패배감이야 크겠지만 패배 이후의 폭탄이 터지면 오히려 더 크게 타오를 거다. 산불이 나겠지. 어떻게 해서든 움직일 거고, 어떻게 해서든 칼을 뽑을 거다. 그리고 광기에 휩싸인 중원 무림의 힘을, 삼대마종은 절대로 감당하지 못할 거다."

단정적이었다.

위진양의 말은 한 줄기 예언과도 같았다. 반드시 그렇게 이루어질 것 같은 예감이 든다.

"지금의 무림은 너무 안온해. 전쟁이 벌어진 와중에도 어떻게 해서든 해결이 되겠지라며 배나 두드리고 있지. 하지만 이래서는 안 돼."

"안 되는 겁니까?"

"전면에서 싸우는 자들의 부담은 갈수록 커져만 가는데, 뒤에서 구경만 하는 이들은?"

"……."

"이런 나태한 생각으로는 중원이 그대로 밀린다. 삼켜진 이후에는 늦어. 이쪽 대가리가 그대로 새외 무림, 삼대마종으로 교체가 될 테니까. 놈들은 중원의 금력 절반 이상을 손에 쥐었다. 무력과 금력, 정보력까지 조화가 되었다는 뜻이야. 고작 세 개의 단체가 중원 전체와 싸움을 벌일 수 있는 것도 다 전쟁에서 필요한 모든 것들을 적절하게 손에 쥐었기 때문이야. 그래. 중원이 밀려서 저들의 손아귀에 떨어졌다고 쳐. 그 꼴을 보지 못한 중원 무림인들이 들불처럼 일어났다고 쳐. 설령 각지에서 들고 일어나 그들과 싸운들 아무 관련이 없는 백성들의 피해는 누가 보상할 거야?"

"…그렇군요."

"아무리 날고 기는 무림이라지만, 그래서는 안 되는 일이지. 싸울 영역은 따로 있다. 거기에까지 피해가 가면 안 돼. 이쪽 영역의 일은, 이쪽 영역에 속한 자들 손으로 해결되어야 한다는 뜻이다. 그리고 그러기 위해서는, 꺼져 가는 불씨 위로 제대로 된 기름을 끼얹어야겠지."

선풍개는 위진양의 말을 알아들었다.

위진양은 무림인으로서의 자존심도 내던졌다. 스스로의 성격조차 죽이고 있었다.

그가 걱정하는 것은 아무 연관이 없는 이들에게 갈 피해였고, 나태해진 무인들의 정신머리였다.

모두가 힘을 합쳐야 이길 수 있고 모두가 힘을 합쳐야 의미가 있다. 그리고 모두가 힘을 합쳐야 흘리는 피도 적다.

"그래서 비무 이후를 생각하는 거다. 물론 이쪽이 비무에서 이겨도 좋겠지만."

그때였다.

"방주님!"

빠르게 달려오는 한 명의 거지가 있었다. 위진양이 고개를 갸웃거렸다.

"왜 그렇게 호들갑이야?"

"암천루주에게 서신이 왔습니다."

위진양의 눈이 빛났다.

"서신 내놔봐."

빼앗듯이 쥔 서신을 냅다 펼치는 위진양이었다.

빠르게 읽어 내리는 글자들.

그의 눈썹이 파르르 떨렸다.

"…일났군."

선풍개의 눈에 어리둥절함이 맺혔다.

"무슨 일입니까?"

"암천루가 움직인다."

"예? 암천루요?"

"그래."

"암천루는 지금까지도 잘……."

"그게 아니야."

"무슨?"

위진양은 눈을 감아버렸다.

그도 깜짝 놀랐다. 어떤 상황에서도 쉬이 움직이지 않을 사람이 불같이 분노하고 있음을 깨달은 것이다.

"암천루가 통째로 움직이고 있어. 이쪽에서 의뢰한 것들을 모조리 철폐하고 직접 무력을 행사하려 하고 있다."

선풍개의 눈이 크게 뜨였다.

"갑자기 왜? 아니, 무력행사를 누구에게 한단 말입니까?"

위진양은 주먹을 불끈 쥐었다.

"제기랄. 어떤 병신 같은 놈들이 암천루주를 건드린 거야!"

비록 만난 지 오래되었지만 그는 사형인 진관호에 대해 누구보다도 잘 알고 있었다. 그의 진면목을 직접 보았기 때문이다.

진관호는 다정한 사람이다. 그리고 생각 이상으로 연약한 사람이었다. 자신보다 한참이나 약자인 사람들에게 고개를 조아릴 정도로 유연했고 욕을 먹어도 허허허 웃기 바쁜 사람이었다.

그러나 그 유연함은 곧 인내심과 같다.

그 인내심이 폭발하면?

'재앙이다.'

서신에서 느껴지는 얘기 자체에, 진관호의 포효가 울리는 것 같았다.

오대세가 중 황보세가의 가주는 이렇게 말했다. 혹시라도 허튼 생각을 하면, 암천루에서 작정하고 천의맹을 괴롭힐 거라고. 몇 날 며칠이 걸리든 수뇌부들부터 죄다 암살해 버릴 거라고 말했다.

대다수의 무인들은 그 이야기에 코웃음을 치기 바빴

더랬다.

하지만 위진양은 그것이 결코 허황되지 않은 이야기라는 걸 알고 있었다. 암천루가 작정한다면, 사형이 작정하고 마음을 먹으면 나태해진 천의맹을 와해시키는 것도 불가능하지 않다.

당장 무림에 일대일로 진관호를 이길 수 있는 자들조차 몇 없는 판국이다. 그토록 무시무시한 발톱을 숨기고 있던 호랑이가, 마침내 미쳐 날뛰기 위해 동굴에서 나온 것이다.

날뛰기 시작한 호랑이는 적아를 가리지 않을 것이다.

"천의맹이 암천루를 가만히 둘까요?"

"가만히 안 두면 어떻게 하겠어?"

"물론 당장은 전쟁을 해야 하니 별수 없겠지만, 추후에 분명 문책을……."

"문책?"

위진양은 한숨을 쉬었다.

"누가 누구를 문책한다는 거야?"

"아, 물론 암천루가 천의맹과는 다른 노선을 걷는다는 건 알고 있습니다. 어쨌든, 천의맹이 움직일 겁니다."

"내 말은 그런 게 아니야."

"예?"

"문책을 하고 싶어도 그럴 능력이 있어야지. 이빨
한 번 박으면 용도 죽일 독사를 호랑이라고 감히 건드
릴 수 있을 것 같아?"

"……!"

위진양이 보는 진관호는 그런 인물이었다.

비루한 악인이든 당당한 협사든, 일단 건드리기만
하면 그 조직이 설령 천의맹이라도 작살내 놓을 게다.
죽음을 도외시하고 이빨과 발톱을 휘두를 게다.

"적어도 내가 아는 어떤 단체라도, 누구도 암천루를
건드리지 못한다. 자폭하고 싶지 않은 이상은."

선풍개의 눈이 놀라움으로 물들었다.

위진양은 서신을 다시 한 번 바라보았다.

이런저런 이야기는 많았지만 눈에 콱 박히는 문장
은, 서신의 마지막에 장식되어 있었다.

이후 암천루의 행보에 끼어드는 자들이 있다면 루주 취하,
모든 조직원들이 불문곡직 전투에 임한다.

　　　　*　　　　　*　　　　　*

"뭐라고?"

"하남, 강 무사에게로 집결입니다."

"강비한테 가라고? 지금 내 일하던 건?"

"전면 취소입니다."

"뭐 급한 일이라도 생긴 거야? 월급 받는 처지에
나야 상관은 없다지만… 이거 괜찮으려나 모르겠
네."

"강 무사가 위험에 처했답니다."

"강비 그놈 어지간히 강해졌다며? 만효까지 쳐 죽
일 정도인데 뭐 무서운 게 있다고?"

"초혼방이 강 무사를 노리고 있습니다."

"엥? 초혼방?"

"예. 초혼방에 속한 술사들이 강 무사님에게 모여들
고 있습니다."

"별일이네. 강비 옆에 어여쁜 술사 한 명이 있다면
서? 초혼방주라도 나타난 거야?"

"초혼방 모든 술사들이 노린답니다. 단 하나도 빠짐

없이, 모든 술사들이."

"……!"

"그 어느 때보다도 빠른 속도로 집결하고 있답니다. 지금 시간이면 전투가 벌어졌을지도 모릅니다."

"…그렇단 말이지."

"예."

"…….."

"유 무사님?"

"…….."

"어라? 유 무사님? 유 무사님?! 뭐야? 언제 사라지신 거야?"

"강비한테 가라고?"

"그렇습니다."

"염병. 여기에서 거기까지 거리가 얼마나 되는지 알아? 이틀을 내리 달려도 근처에나 도달할 수 있을지 모르겠다."

"집결령이 내려졌습니다."

"집결령? 집결령이 뭐였지? 잠깐. 뭐야? 진짜 집결령이야? 무혼조 전체에?"

"그렇습니다."

"서문 어르신까지?"

"그렇습니다. 무혼조 소속 모든 무사는 물론이거니와 암천루 내에, 전력이 될 만한 무사들도 모이고 있다는 정보가 왔습니다."

"호오. 이런 경우는 또 처음인데?"

"심지어 루주님도 직접 움직이셨답니다."

"…루주가 직접?!"

"그렇습니다."

"이게 뭔 일이래? 누구랑 전면전이라도 치르려고 그래? 루주까지 움직였다고? 여태 이런 적이 있었나?"

"지금 강 무사에게 초혼방 모든 술사들이 전면 공격을 감행하고 있다는 정보가 왔습니다."

"도대체 알 수가 없네. 그건 또 뭔 소리야? 모든 술사들? 초혼방 전체가 나섰다는 뜻이야?"

"그렇습니다. 총공세입니다."

"…강비 하나 잡자고 초혼방이 총공세를 펼친다고? 이 새끼, 도대체 뭔 짓을 하고 다녔길래 그리 지독하게 달라붙는 거야?!"

"현재로서는 알 수 없습니다. 다만 지금 시간이면 강 무사가 전투를 벌… 언제 사라지셨지?"

"하남?"

"그렇습니다."

"……."

"이 무사님?"

"……."

"빠르시군."

서문종신은 곰방대를 탈탈 털었다.

"하남으로 납시라고?"

그 앞에 부복한 복면인은 고개를 끄덕였다.

"그렇습니다."

"나 아직 의뢰 제대로 들어가지도 않았는데 이게 뭔 상황이냐?"

"강 무사가 위험에 처했답니다."

서문종신의 여유로운 두 눈에 미약한 광채가 일어났다.

"그렇단 말이지?"

"예. 아무래도 상당히 어려운 모양입니다."

"항상 그놈 뒤처리는 내가 맡았지. 젠장, 그래도 일전에 살려준 걸 생각하면 욕도 못하겠어, 이젠."

"루주님까지 움직이셨습니다."

번쩍!

서문종신의 두 눈에 불같은 안광이 어렸다.

복면인의 몸이 저절로 떨렸다. 그저 눈빛 한 번 바뀐 게 전부임에도 전신이 떨려오는 것이다.

"무혼조 집결령에 루주가 직접 움직였다라……"

"……."

"누구야?"

"…초혼방입니다."

서문종신이 너털웃음을 지었다.

허탈함과 분노가 동시에 이는 웃음이었다.

"이걸 고마워해야 하는 건가 모르겠군. 분풀이 상대로 마침 딱이야."

여유롭게 중얼거리지만 숨길 수 없는 분노가 새어나온다.

죽지도 못하고 강시가 되었을 생각을 하면 지금도 오한이 들 지경이다.

"알았어. 가 봐."

"예."

스르륵 사라지는 복면인.

서문종신의 입에서 가느다란 연기가 뿜어져 나왔다.

"그나저나 루주까지… 많이 화났나 보군."

황보산이 오던 날, 함께 달빛 아래에서 나누었던 술
잔이 기억난다.

여린 심성의 루주. 동료를 위해서 눈물까지 보이던
사람이다.

항상 루주실에 앉아 상황을 관조하기만 하던 진관호
의 모습이 떠올랐다. 실실 웃다가도 어깨를 움츠리던
넉살이 떠올랐다.

"원래 착한 사람이 열 받으면 엄청 무서운 법인데.
이거 태풍 한 번 불어닥치겠군."

딸칵.

곰방대가 땅에 떨어졌다.

그리고 그 자리엔 아무도 없었다.

* * *

퍼억!

"제기랄!"

등효가 욕설을 내뱉었다.

힘든 싸움 와중에 욕설을 뱉을 정도다. 정말이지 이 무시무시한 체력은 말이 안 된다. 옥인은 거친 싸움 와중에도 웃음이 나올 것 같았다.

"옥인 도사! 왜 웃는 거요? 누구 숨넘어가는 꼴 보고 싶어?!"

"등 대협은 백 살 넘어서까지 살 겁니다."

"옥인 도사가 그걸 어떻게… 이크!"

황급하게 고개를 숙이면서도 일장에 술사 하나를 날려 버리는 그다.

놀랍게도 등효는 지칠 듯, 지칠 듯하면서도 지치지 않았다.

천주산왕공.

대산무문 최고의 신공으로 산맥과 같은 굴강한 힘과 멈추지 않는 체력, 어떻게든 되살아나는 숲의 생명력을 키운다. 중원 천하에 비견될 만한 신공절학이 몇 없을 것이다.

그 놀라운 무공이 등효가 가진 강함의 정체였고, 또

한 등효 그 자체였다.

하지만 아주 천천히, 천천히 내상을 입고 있었다.

술사들에게 당한 내상은 그다지 크지 않았지만 왼팔에서 치고 들어오는 탁기가 끊임없이 이차, 삼차의 내상을 유발시키고 있었다.

그리고 그 속도는 점점 빨라지는 중이다.

강비는 초조한 눈으로 뒤를 바라보았다.

땀으로 흠뻑 젖은 등효의 모습이 보였다.

'빨리 끝나야 하는데.'

벽란의 술법만 끝나면 어떻게든 체제를 정비할 수 있을 것이다. 이 드넓은 땅에 숨을 곳 하나 없을까.

한 시진, 아니 반 시진만 시간이 있어도 활기를 되찾을 수 있을 것이다. 등효의 상세를 훨씬 좋게 만들 수도 있을 것이다.

하지만 벽란이 술법을 펼치고 있는 이상 그건 불가능했다.

설령 당장 따돌린다 해도 술사들은 어떻게 해서든 이쪽을 찾을 것이다. 벽란이 기운을 막아주지 않는 이상 들킬 수밖에 없다.

등효를 지나 벽란에게 눈이 갔다.

벽란 역시 혼신의 힘을 다하는 듯했다. 전신이 땀으로 푹 젖었다.

'벽란. 미안하지만 속도 좀 더 내야겠어.'

생각은 생각일 뿐.

그러나 용케 강비의 간절한 마음이 닿았는지 중얼거리는 벽란의 입술이 더욱 빨라졌다. 벌레의 날갯짓을 보는 것 같았다.

후우우웅!

뻗어나가는 빛.

주변을 빙빙 돌고 있던 도형들이 폭발적인 광채를 뿜어 댔다. 이전의 빛이 별빛이라면 지금의 빛은 태양과 같다.

등효와 옥인은 저도 모르고 눈을 질끈 감았다. 그건 강비라고 다를 바가 없었다. 등을 돌린 상태였음에도 뻗어 나온 빛이 너무 강렬해서, 절로 눈이 감겼다.

"크아악!"

광기에 휩싸여 미친 듯이 달려들던 술사들 역시 눈을 부여잡고 뒹굴었다.

무공의 실력. 술법의 실력.

그런 걸 떠난 문제였다. 인간이라면 이 찬란한 빛 앞에서 본능적으로 눈을 감을 수밖에 없을 것이다. 허리를 굽힐 수밖에 없다.

눈을 감은 와중에도 강비는 무언가를 느낄 수 있었다.

대기 중에 떠도는 풍성한 자연기가 확 조여드는 느낌.

철컥. 철컥.

환상처럼 들리는 소리다.

기로 만들어진 거대한 자물쇠가 한 겹, 두 겹 걸쳐지는 것이다.

그리고 그 속.

미친 듯이 울부짖는 괴물이 있었다.

느닷없이 나타나 육신을 잃고 영혼까지 제압되는 초혼신이다.

'좋아!'

봉신안의 술법이 끝났다. 장장 일곱 시진에 달한 술법 봉인이었다.

한순간에 터져 나온 빛은 사라질 때도 번개와 같았다.

가장 먼저 회복한 것은 강비였다. 패왕기가 일어나 그의 시력을 빠르게 되찾아 준 것이다.

그리고 그는 보았다.

번쩍!

또 다른 빛이 일렁인다.

지금껏 줄곧 감고, 또 감아왔던 벽란.

그녀의 아름다운 두 눈이, 그 봉목(鳳目)이 마침내 열리고 있었다.

눈만 열린 게 아니었다.

그녀의 입에서 낭랑한 음성이 울렸다.

"법도개문(法道開門)."

끼이익.

봉신안의 술법이 마무리되며 들렸던 환청이 또 다시 들려왔다.

거대한 문이 열린다.

누구도 보지 못하는, 그러나 확실하게 존재하는 문이 양옆으로 쭉 열리고 있었다.

일순 일행은 보이지 않는 문으로 빨려 들어가는 느낌을 받았다.

"파쇄기문(破碎奇門)."

문 안에 또 다른 문이 존재한다.

어둠으로만 이루어진 괴악한 문. 세상 이면에 존재하는 혼돈의 문.

그 어둠과 혼돈이 부스러지기 시작했다.

벽란의 눈에서 이는 안광과 벽란의 입에서 나오는 주문으로 인하여 사람의 눈으로 볼 수 없는 공간이 그 기묘한 자태를 드러낸다.

"천지비역(天地秘域)."

하늘과 땅 사이.

누구도 도달할 수 없는 공간으로 일행을 인도하는 벽란이었다.

화르르륵!

어느새 주변으로 뻗어나갔는지, 서른여섯 장의 부적들이 타오르며 활짝 열었던 문을 강제로 닫아버린다.

콰앙!

확실하게 닫힌 대문.

그리고 그 안에 존재하는 일행이었다.

"뭐야?"

등효는 눈을 멀뚱멀뚱하게 뜨며 주변을 둘러보았다.

제멋대로 몸이 이리저리 흔들리는가 싶더니 덜컥 멈추었다.

굉장히 많이 움직인 것 같았다. 어디론가 빨려 들어가는 줄 알았다.

한데 정작 눈을 뜨니 그 공간 그대로였다. 미친 듯이 싸우던 산길이었고 주변에 포진한 술사들 역시 그대로였다.

일행의 몸에서 자욱한 투기가 일어났다. 아직 술사들이 뒹굴어 대고 있었지만 가만히 두고볼 수는 없었다.

그때, 벽란의 목소리가 들려온다.

"다들 긴장을 푸세요."

"음?"

천천히, 남궁표와 함께 땅으로 내려서는 그녀다.

어쩐지 이전의 그녀와 달라진 듯했다.

세상을 바라보는 눈을 닫으며 동시에 발동되는 절대 봉인술, 봉신안이다.

그런 봉신안을 써버렸으니 더 이상 눈을 감고 다닐 필요가 없는 것이다.

그녀는 주변을 둘러보았다.

"저들은 이곳을 보지 못해요. 느끼지도 못하죠. 그저 스쳐 지나갈 뿐이에요."

담담하게 설명하는 그녀다.

강비가 사모창을 내렸다.

"시공의 술법인가?"

"맞아요."

시공 술법.

부적술과 동조 술법에만 능한 줄 알았더니, 그녀 역시 이런 최고위 술법을 펼칠 줄 아는 모양이었다.

벽란은 살짝 웃었다.

"펼친다고 하면 못할 것도 없어요. 다만 가지고 있는 부적 태반을 써버렸지만."

"그래도 해낸 게 어디야."

"본래 시공 술법은 펼치는 순간 술사의 의지대로 시기와 공간을 정할 수 있어요. 하지만 제 성취가 낮아서 그걸 제 마음대로 조정하지 못하는군요. 우리가 이곳에서 머물 수 있는 시간은 대략 열두 시진뿐이에요."

열두 시진이라면 하루다.

그게 어딘가. 일행에게 있어서는 꿀맛과도 같은 시

간이다.

등효는 긴장한 눈으로 술사들을 바라보다가, 그들이 당황해서 이곳저곳으로 퍼지는 걸 확인하고는 벌러덩 누워버렸다.

"아이고, 죽겠다."

긴장이 풀리자 삭신이 쑤신 모양이었다.

"난 좀 자겠소. 아참, 벽 소저. 고맙소. 그럼 이만."

등효는 누가 뭐라 할 새도 없이 그대로 곯아떨어졌다.

괴물 같은 체력으로 모든 내상을 무시하며 달려온 등효였다. 기절이 아니라 수면에 빠진 것도 놀라운 일이다.

벽란은 재빠르게 등효 옆에 앉아 그의 화상을 살폈다.

"후우. 힘들군요."

엄살이 없는 옥인의 얼굴에도 지친 기색이 역력했다.

술사들과의 승부는 설령 손쉬운 상대라도 심적으로 지치게 마련이다. 상대가 어떤 수를 쓸지 알 수가 없기 때문이다.

다행히 그냥 밀고 들어왔기에 편했지, 기기묘묘한 술법을 써 댔다면 분명 일행 중 한 명은 낙오했을 것이다.

강비는 옥인의 어깨를 두들겼다.

"운기조식으로 체력을 회복해."

"예. 이따가 뵙겠습니다."

옥인은 그대로 운기조식에 빠졌다. 등효가 잠에 빠진 속도와 거의 비슷했다.

강비는 벽란의 옆에 주저앉았다.

"어때? 등 형의 상세는?"

"글쎄요. 워낙 체력이 좋아서요. 익히고 있는 무공도 치상결이 출중해서 이대로만 있으면 빠른 시일 내로 나을 거예요. 다만……."

그게 문제다.

이대로 회복을 취해야만 한다. 그래야 나을 수 있을 것이다.

하지만 상황이 여의치가 않았다. 그나마 하루라도 시간을 벌어서 다행이다.

"예쁜데?"

"네?"

"눈 말이야. 뜨니까 좋군."

벽란의 얼굴이 살짝 붉어졌다.

"짓궂으시네요."

"사실을 말한 건데 뭘."

벽란은 고개를 푹 숙이며 등효의 팔에 기를 넣었다. 치유의 술법이다.

"괜찮아?"

"뭐가요?"

"그렇게 막 술법을 난사해도 되겠어? 봉신안인지 뭔지도 쓰고, 시공 술법도 쓰고, 거기에 등 형의 상세까지 봐주고 있잖아."

아무리 술법에 문외한이라도 이게 얼마나 대단한 일인지는 알고 있다.

벽란은 살짝 미소를 지었다.

두 눈을 뜬 채로 미소를 짓는 그녀의 얼굴은 또 다른 매력이 있었다.

"시공 술법을 제 힘으로만 펼쳤다면 모를까, 부적을 매개체로 했기에 실제로 제 힘은 크게 줄지 않았어요. 이 정도면 충분히 버틸 만하죠."

"뭐, 벽란이 그렇다면 그런 거겠지."

강비는 주위를 둘러보았다.

몸을 스치는 차가운 바람. 단단한 땅. 어두운 새벽 하늘까지.

"신기하군."

아까 전투를 벌였던 곳과 전혀 다르지 않았다. 그럼에도 술사들은 이곳을 인지하지 못하고 지나가 버렸다.

일전 의선문을 방문했을 당시 삼혼주가 나타나 환귀진이라는 술수를 쓴 적이 있더랬다.

그때와는 또 다르다.

그때는 이질감을 느꼈지만, 이곳에서는 이질감조차 느낄 수가 없다. 말 그대로 완전히 다른 공간, 다른 세상이었다. 힘으로든 뭐든 찢어낼 수 없는 독립된 공간이었다.

"일 년 전이 기억나네요."

"일 년 전?"

"그때도 강 공자와 등 대협과 같이 천랑군주를 피해서 동굴에 숨었잖아요. 지금은 옥인 도사도 끼었지만."

강비는 웃음을 지었다.

"그렇군. 확실히 그때랑 비슷해."

만났다 하면 뭔가 전투를 벌인다. 그리고 숨는다. 그리고 다시 질주하길 반복한다.

이 정도 되면 신기한 걸 넘어서서 운명이 아닌가 하는 생각이 들 정도다.

"일단은 좀 쉬자고. 벽란도 적당히 하고 쉬어. 등형 체력이 워낙 좋아서 얼추 기반만 잡아주면 충분히 버틸 수 있을 것 같으니."

"그러려고요."

강비는 한옆에 떨어져서 눈을 감았다. 운기조식으로 피로를 풀 수도 있지만, 두 시진 정도는 그냥 수면을 취할 작정이었다.

얼마 지나지 않아 고른 숨소리가 들렸다.

벽란은 슬쩍 강비를 바라보았다.

'강 공자도 많이 힘들었던 모양이야.'

인간 같지 않은 괴력으로 숱한 적도들을 격파하며 일행을 이끌었다.

워낙에 거침없는 전진이기에 누구도 신경을 쓰지 못하지만 실상 일행 중 가장 고생한 건 강비라는 생각이 들었다.

일 년 전에도 그랬다.

앞장서서 적도들을 격파하고 나아가는 것. 그리고 그때도 등효는 심한 내외상을 입었더랬다.

'강 공자는 언제나 이런 생활을 하는 걸까.'

암천루 본 건물에서 수련을 할 적.

당선하와 서문종신에게, 강비에 대해서 많은 걸 들을 수 있었다.

무인으로서 고뇌하는 강비. 술에 환장하는 강비. 임무에 있어 적극적으로 뛰어들던 강비. 심하게 다쳐서 거동도 못하던 강비.

강비의 인생은 싸움이었다.

전쟁이었다.

언제나 창을 들었고 언제나 싸움에 휘말렸다. 언제나 무도에 집중했으며 언제나 단호했다.

그 덕분에 이토록 강해질 수 있었을 것이다. 저렇게 치열하게 살았으니 운도 따랐을 거란 생각이 들었다.

'하지만……'

그런 인생이 정말 행복한 인생일까.

어쩌면, 자신 역시 강비를 싸움터로 이끈 존재 중 하나인지도 모른다.

어떻게 해서든 싸웠을 사람이지만 벽란은 그에게 미안했다.

'내가 힘을 내야겠어.'

강비, 옥인, 등효.

모두가 죽을 위기 앞에서 거침없이 전진했던 사람들이다. 이전에도 그랬고 앞으로도 그럴 것이다.

벽란은 책임감을 느꼈다.

물론 그들은 벽란을 흉보지 않을 것이다. 초혼신을 봉인한 주제에 뭐 그리 힘든 게 있냐며 욕하지도 않을 것이다. 오로지 벽란의 술법이 끝날 때만을 위해, 그 힘든 싸움을 벌였을 것이다.

이처럼 고마운 동료들이 또 있을까 싶었다. 이미 정을 주었기에 더욱 고마운 마음이 크고 그만큼 미안한 마음도 컸다.

세 사내가 눈을 감았고, 감았던 한 여자가 눈을 떴다.

누구도 들어오지 못하는 절대 비역에서, 그렇게 짧은 휴식의 시간이 지나고 있었다.

"음. 이제 좀 낫군."

세 시진이 지나서야 잠에서 깬 등효는 왼팔을 빙빙 돌려보았다.

옷을 찢어 꽉 동여맨 팔이었다. 따끔할 만도 할 텐데 전혀 고통의 기색이 없었다. 그만큼 벽란의 치료가 좋았다는 뜻이리라.

벽란은 주의를 주었다.

"무리를 하면 안 돼요. 이전보다는 낫겠지만 혹시라도 잘못될 경우, 화기의 침습이 다시 벌어집니다. 아직 축융화기의 근본을 없애진 못했어요."

"걱정하지 마시구려. 나도 바보는 아니오. 그나저나……."

등효의 눈이 음흉해졌다.

"눈을 뜨니까 아주 인물이 사네."

벽란의 얼굴이 다시 붉어졌다.

"자꾸 놀리지 마세요."

"음? 나는 그냥 말한 건디?"

날이 가면 갈수록 능글맞아지는 것 같다. 벽란은 냉정하게 고개를 돌려 버렸다.

"옥인 도사님은 어떠세요?"

"괜찮습니다."

짧고도 확실한 대답이었다. 확실히 크게 회복했는지 수척하던 얼굴이 많이 나아졌다.

강비는 목을 여기저기 돌리며 앉았다. 목에서 우두둑거리는 소리가 났다.

말할 것도 없이 회복했다는 몸짓이리라.

"자, 이제 어쩔까?"

느닷없이 말하는 강비였다.

하지만 일행 모두가 알고 있었다. 강비가 하는 말이 무슨 뜻인지.

등효의 얼굴이 진지해졌다.

"내가 느꼈을 정도이니, 강 형도 느꼈으리라 생각하오."

"그렇소. 옥인, 너도 잡았지?"

옥인이 고개를 끄덕였다.

"대단한 자들이 오고 있더군요. 거리는 한참 떨어져 있지만 풍기는 기세가 남달랐어요. 벽 소저만큼은 아닐 거라고 보지만, 거의 비슷할 정도의 기운들이 무려 다섯이었습니다."

벽란에 비해 크게 뒤떨어지지 않는 술사들 다섯.

혼주들의 등장이었다.

벽란의 눈썹이 찌푸려졌다.

"아마 이곳을 들킬 거예요."

"응? 그게 무슨 소리야? 누구도 뚫을 수 없는 거 아니었어?"

"물론 뚫을 수는 없죠. 하지만 어디에서 나타날지, 어느 공간에 들어섰는지는 알 수 있을 거예요. 그 정도 실력들은 충분히 되는 사람들이니까요."

하기야 그만한 실력자들이 다섯이나 모였는데 모르기도 힘들 거란 생각이 들었다.

"게다가 그들의 기운은 뭔가가 달랐소. 분명 급하다는 느낌은 있었지만 무턱대고 달려드는 잔챙이들과 달리, 사태 파악을 좀 하는 느낌이더군."

등효의 시선은 정확했다.

강비는 남궁표에게로 시선을 던졌다. 정확히는, 남궁표 안에 꽁꽁 묶인 초혼신에게였다.

"저거 어떻게 처리할까? 지금 당장 없애는 게 낫지 않나 싶은데."

그렇다. 없앨 수 있다면 당장 없애는 게 낫다.

그저 기운의 단절과 존재의 소멸은 다르다.

초혼신의 영력이 단절된 지금, 저들은 큰 혼란을 겪고 있었다. 죽은 자들도 셀 수가 없고 술법이 봉인당한 자들도 많다.

하지만 초혼신이 소멸되면 상황이 완전히 뒤바뀌게 될 것이다.

초혼신과 연결이 된 모든 술사들의 원정이 박살 날 터. 설령 어떻게든 목숨줄을 부여잡고 있더라도, 그 상태에서는 평범한 무인의 주먹질 한 번도 제대로 견뎌내지 못할 것이다.

벽란은 그렇게 보았고, 세 남자 역시 그럴 거라 짐작하고 있었다.

문제는 초혼신을 당장 처리할 수 있느냐다.

불행히도 벽란은 고개를 저었다.

"당장은 불가능해요."

"그래?"

"네. 봉신안의 술법은 절대봉인술이지만, 한 번의 완성 이후 자체적인 삼차 봉인까지 이어져요. 제가 일곱 시진 동안 봉인술을 펼쳤다고 했죠?"

"맞아."

"이차 봉인은 그 배에 달하는 시간이, 삼차 봉인은 세 배에 달하는 시간이 걸려요."

봉신안이 완벽하게 펼쳐지기 전까지, 족히 삼 일이 걸린다는 얘기다.

강비는 침음을 삼켰다.

"봉인이 모두 끝날 때까지는 없앨 수 없다는 건가?"

"시도는 해볼 수 있겠죠. 하지만 시도하다가 숙주가 죽어요. 게다가 시도를 한다 해도 성공할 수 있을지도 몰라요. 완전하게 봉인된 이후, 잠잠해진 초혼신을 없애는 게 가장 안전한 길이에요. 이차 봉인도 채 되지 않은 상태에서 없애면 초혼신의 본능적으로 날뛸 것이고, 그 압도적인 힘이 봉신안 자체를 깨트릴 수도 있어요."

"가만히 놔두는 게 상책이군."

"맞아요. 가만히 놔두기만 하면 초혼신은 절대 날뛰지 못하고 그대로 봉인이 될 거예요."

즉, 삼 일 동안은 이대로 있어야만 한다는 것이다.

등효는 한숨을 쉬었다.

"젠장맞을 놈이로군. 차라리 때려죽일 악인에게 들

어갈 것이지 왜 이 어린놈에게 들어가서는."

"등 형. 어차피 완전히 봉인하기 전까지는 초혼신을 없앨 가능성이 높지 않다고 하잖소."

"그게 문제가 아니오. 그러진 않아야겠지만, 혹시라도 전투 중에 이놈이 죽는다고 생각해 보시오. 고생은 고생대로 했고, 열은 열대로 받겠지만 초혼신이야 어떻게 해서든 난리쳐서 또 잡는다 칩시다. 하지만 아무 상관도 없는 어린놈이 목숨을 잃을 거 아니오?"

과격한 말이지만 어쩐지 이해가 되는 말이기도 했다.

강비는 살짝 미소를 지었다. 막 나가는 것처럼 보여도 기준이 확실한 사람이다. 자신이 생각 못한 것들을 짚어내는 걸 보면, 이런 면에서는 자신보다 백 배 천 배 더 나은 사람이라고 생각하게 된다.

"공감이 가는군."

옥인이 끼어들었다.

"어떻게 해서든 일단 이 청년의 몸만큼은 지켜내야만 합니다."

"그래야지."

벽란과 강비의 시선이 등효에게로 향했다.

등효는 두 사람의 눈길을 받고는 이마에 주름을 잡았다.

"왜 그런 눈으로 날 보셔들?"

"……."

"뭐야? 내가 이놈 책임져야 되는 거야?"

강비는 고개를 저었다.

"책임이야 우리 모두가 지는 거 아니겠소? 다들 노력할 거요. 다만 등 형이 운반 좀 맡아주시오."

"이런 젠장! 그게 내가 책임지는 거지 뭐야?"

"등 형은 다쳤잖소."

입이 턱 막힌다.

"옥인에게 맡길 수도 있지만, 옥인은 천라검을 휘두르지 않소? 술사들을 상대함에 있어 옥인이 더 효율적이라는 건 등 형도 알 거요."

"…그렇긴 하지."

"게다가 왼팔이 다친 등 형은 완벽하게 무공을 구사하기도 힘들지 않소? 우리가 에워싸리다. 최대한 남궁표 이놈을 지켜주시오."

"떠그랄."

반박할 수 없는 정론이었다. 결국 등효는 고개를 끄

덕일 수밖에 없었다.

그는 입맛을 쩍 다셨다.

"어째 일 년 전하고 비슷한 전개네."

강비와 벽란은 서로를 마주 보고 웃었다.

옥인은 가만히 검을 안았다.

"일단은 이대로 진행하는 건가요?"

"음?"

"우리는 숭산으로 가는 길 아닙니까? 하지만 지금, 상당히 그 길에서 이탈되었어요. 여기서 직선 일로로 아무런 방해를 받지 않은 채 달려도 사나흘은 걸릴 것 같습니다만."

그렇다.

술사들의 공격이 얼마나 매서웠는지, 강비조차도 그 저 직선으로 치고 들어갈 수가 없었다. 어쩔 때는 우 회했고, 어쩔 때는 뛰어넘기도 했다.

그 와중에 숭산으로 가는 길이 멀어졌다.

벽란은 고개를 저었다.

"이 근처에는 완만한 산지가 많아요. 전투를 벌이기 에 적합하지 않은 지형이죠. 반대로 달려드는 적들에 게는 나름 적합한 지형이라 할 수 있어요."

벽란이 있으니 이전보다 한층 수월해질 것이 틀림없다. 그러나 상대 역시 더 강해졌다. 시간이 벌써 이만큼 지났으니, 혼주로 예상되는 다섯 고수들은 휘하 술사들을 통제하며 주변을 살필 것이다.

"어떻게 하죠?"

모두의 시선이 강비에게로 향했다.

집단전, 지리, 전쟁에 관해서는 이 자리에서 강비만한 전문가가 없었다.

그는 한숨을 내쉬었다.

"솔직히 잘 모르겠어. 그냥 무인들 간의 격전이면 돌파할 구석이 서너 개 있겠지만 그 인간들은 술사잖아? 게다가 보아하니 광기에 휩쓸린 것 같지도 않은데. 우리에게 유리한 지형이 어느 순간 우리를 집어삼킬 수도 있겠는데?"

"그렇군."

"벽란이 생각하기에는 어때? 그놈들이 어떻게 나올 것 같아?"

그녀는 아미를 살짝 찌푸리며 답했다.

"혼주라 해도 광기에서 완전히 자유로워질 순 없을 거예요. 영력의 단절은 상단전의 기운이 끊어졌음을 말해요. 저는 빙백혼의 신기를 다스리고 있어 이전과 차이가 없지만, 저들은 끊임없이 스스로와 싸우고 있겠죠."

"그래?"

"네. 하지만 그렇다고 안심할 수도 없어요. 혼주들은 초혼방의 정점이에요. 각자의 장점도 다르고 단점도 달라요. 설령 미쳐서 달려들지라도 서로 다른 술법을 쏟아낼 게 뻔하니, 이쪽의 곤란함이 없어지진 않겠어요."

한숨이 나온다.

등효는 머리를 긁적였다.

"정말 술사들이란 족속들하고는 못해먹겠구만. 아, 벽 소저를 두고 한 말은 아니오."

"알아요. 그나마 다행인 점은 하루를 벌었다는 것이겠죠."

"음? 그게 왜 다행이오? 아, 우리 체력?"

"아니요."

"……?"

"잊으셨나요? 저들은 지금 이 순간에도 끊임없이 봉인, 소멸 중이에요."

모두의 눈이 번쩍였다.

그렇다. 그걸 잊고 있었다.

초혼신과의 영력이 단절되면 삼 일 이내에 어지간한 술사들은 모조리 술법이 봉인된다고 하지 않았던가.

실제로 이곳으로 몰려오는 숱한 술사들이 중간에 피를 토하고 죽어나가기도 했다. 그들 입장에서는 한시라도 빨리 초혼신을 찾아 해방해야만 한다.

그러지 않으면 그들이 죽는다.

죽어도 곱게는 못 죽는다. 영력의 근본이 사라졌으니, 영력이 폭주를 일으킬 것이오, 술법은 고사하고 미쳐서 자해를 하거나 자살, 심하면 그냥 몸이 터져버릴 수도 있다.

"일곱 시진에 하루. 아무리 혼주들이라 해도 본신의 기량이 절반으로 줄었을 거예요. 게다가 그들은 끊임없이 정신력을 소모하고 있죠. 광기에서 자유로워지기 위해."

일행의 표정이 밝아졌다.

참으로 다행인 일이다. 적의 전력은 빠른 속도로 감소하고 있고, 이쪽은 휴식을 취하면서 전력이 상승

한다.

서로 가진 전력의 차가 압도적으로 좁혀진다.

물론 절반의 기량이라 한들 혼주들의 술법을 무시할
수는 없겠지만 이것만으로도 어딘가.

강비는 고개를 끄덕였다.

"우리는 그들을 기어이 이길 필요가 없잖아? 어떻
게 해서든 돌파하는 게 우리 목적이야. 싸우는 거라면
모를까, 돌파라면 승산은 이쪽에 있어."

일행 역시 그의 말에 동의했다.

"자, 조금 더 쉬어두지. 이런저런 전술을 짜고 있
을 바에야 조금이라도 더 피로를 푸는 게 나을 것 같
아."

그렇게 네 사람은 각자 떨어져서 운기조식에 들어가
거나 잠에 빠져들었다. 그래도 적의 전력이 사그라진
다는 걸 알았기 때문인지, 큰 부담 없이 휴식을 취할
수 있었다.

그러나 그들은 모르고 있었다.

그들을 향해 마수를 뻗는 자들이, 초혼방이 전부가
아님을.

또 다른 존재들이 아주 천천히, 비밀리에 숨통을 조

이려 하고 있음을 그들은 아직 모르고 있었다.

*　　　　*　　　　*

수백 마리의 늑대들이 어두운 산길을 달리고 있었다.

놀랍게도 늑대들의 덩치는 크고도 컸다. 거의 황소만한 덩치에, 검붉은 털은 보기에도 불길했다.

"꺄아아악!"

날카로운 비명성이 울렸다.

불행하게도 이 어두운 산길을 타는 일단의 무리들이 있었던 모양이다.

콰드득.

거대한 늑대 무리가 사람들을 그대로 휩쓸었다.

대번에 목덜미를 씹고, 살해하는 늑대들이다.

그 무리에는 무인들도 있었는지 각기 칼을 뽑아 대항했지만 놀랍게도 늑대들의 몸에는 칼조차 잘 박히지 않았다.

까아앙!

거친 소리와 함께 병장기 부서지는 소리가 어두운

밤하늘을 갈랐다.

끔찍한 비명성과 무언가를 뜯어 먹는 소리가 동시에 울린다.

하지만 그도 잠시.

다시 재빠르게 산등성이를 타고 달리는 늑대들이다. 그 존재감이 너무나 커서 어떤 짐승들도 늑대 무리에 다가서려 하지 않았다.

마기를 흘리며 달려 나가는 늑대 무리.

해가 떠오를 때까지, 그들은 단 한 번도 쉬지를 않았다.

공대문은 위엄 어린 눈으로 아들을 바라보았다.

'이제 좀 마음을 다잡은 겐가.'

문일지십(聞一知十)이라 하였다. 하나를 알려주면 열 가지를 깨우친다는 뜻으로, 흔히들 비상한 재능을 가진 이들에게 붙는 수식어였다.

공대문은 자신의 아들이, 그 네 글자에 정확하게 부합하는 인재라고 생각했다.

그것은 옳은 평가였다. 그의 아들은 영왕문 역사에서도 열 손가락 안에 꼽히는 재능의 소유자였고, 그가 나이 사십이 되어 깨달은 술법의 정수들을 나이 삼십이 채 되기도 전에 자신의 것으로 소화해 냈으니까.

공대문은 생각했다.

어둠 속에서 숨죽이고 있던 영왕문이, 아들의 대에 이르러서 마침내 천하 위로 우뚝 올라설 것이라고.

애초에 강호 무림이니 뭐니, 눈에 차지도 않았다. 아들의 재능은 술법에만 국한된 것이 아니었다. 사람을 다루는 데에도 나름의 재능이 있었고, 머리도 비상해서 문의 살림을 맡는 데에도 출중한 능력을 보여주었다.

패자의 자질이다.

그는 아들이 자랑스러웠다.

못난 모습을 보이기 전까지는.

'한낱 계집이 뭐라고.'

연정? 사랑? 연모?

공대문이 세상에서 가장 가치 없다고 생각하는 감정이었다.

인간에게 있어 가장 치명적인 감정이기에, 동시에 가장 가치가 없다. 그 감정에 휩쓸리는 순간 큰일을 해내지 못함을 그는 잘 알고 있었다.

하지만 설마 하니, 하나밖에 없는 아들내미가 계집에 홀려서 제정신을 차리지 못할 줄이야.

문을 정비하면 뭐하겠는가. 사람을 다룰 줄 알면 뭐하겠는가.

엄한 곳에 정신이 팔려서 연마하던 술법조차도 손을 놓아버린 아들이었다. 영왕문의 살림을 망하게 하진 않았지만 그렇다고 발전시키지도 못했다.

그런 아들에게 화가 났다. 그리고 안타까웠다.

영왕문을 반석 위로 올릴 아들이라고 굳게 믿었기에 배신감마저 느꼈다.

하지만 오늘 이리 보니, 아들이 마음을 제대로 먹은 것 같았다.

혼탁하기만 했던 눈에 독기가 보였다. 온몸에서 뿜어지는 거친 각오는 분명 지금의 혼란을 걷어내고자 하는 그만의 의지였다.

공대문은 안심어린 미소를 지었다.

"그래. 마랑들을 풀었다고?"

"그렇습니다."

"언제 풀었느냐?"

"초혼방의 혼주들과의 전투가 시작될 즈음에 닥칠

것입니다. 운이 좋으면 혼주들 중 절반 이상이 몰살을 당할 때 즈음 당도하겠지요."

"잘했다. 시기적절하게 풀었구나."

공령은 고개를 푹 숙였다. 아버지이자 영왕문주에게 보내는 감사의 인사였다.

공대문은 흡족하게 미소 짓다가 이내 눈살을 찌푸렸다.

"한데 그 아이의 독심이 참으로 놀랍구나. 설마하니 정말로 초혼신을 가두어둘 줄이야 상상도 못했다."

"……."

"하긴, 그것도 군신이 없었다면 불가능했겠지."

공대문은 슬쩍 공령을 내려다보았다.

공령의 몸에서 이는 분위기는 한 점의 변화도 없었다. 마음을 제대로 잡았다는 의미이리라.

아들에 대한 걱정이 사라지자 이제 마랑이 도달하게 될 목적지에 신경이 쏠린다.

"파천군신. 광룡왕이라. 음양신께서 하신 예언이 정말로 들어맞을 줄이야."

술가이계에서 최고의 어른이라 대우받는 음양신이다. 어떠한 파벌에도 속하지 않았지만, 모두가 음양신을 우러러보았고 그의 말이라면 콩이 쌀이라 해도 믿었다.

음양신의 예언은 지금까지 틀린 적이 없었다.

아니, 틀렸다고 생각될 때는 많았다.

다만 시간이 지나면 결국 음양신의 예언대로 흘러가고야 말았다. 음양신의 예언은, 그야말로 십 할의 정확성을 담보하는 것이다.

'초혼신.'

초혼신을 생각하자 공대문의 얼굴이 그대로 일그러졌다.

음양신은 술가 최고의 어른이지만 초혼신은 그렇지 않다.

초혼신은 귀신이었다.

진즉에 없어져야 마땅했을 망령이었다. 하지만 그 망령의 힘이 너무 대단해서, 모두가 초혼방주를 신이라 불렀다.

실제로 초혼신은 초혼방도들에게 있어 신이나 다름이 없었다. 초혼신의 능력으로 술법을 구사하는 이들이었으니, 그를 신이 아니라면 무엇이라 생각하겠는가.

목숨은 물론 운명까지 손아귀에 쥔 절대자.

'그깟 망령 따위가 감히.'

초혼방의 힘은 대단했다.

단순한 술사들의 전력을 따진다면 영왕문을 한참이나 압도하는 문파였다.

그럴 만도 했다. 초혼신이라는 망령의 힘이 워낙 대단했으니, 그 힘을 이어받은 술사들의 수준도 높을 수밖에 없는 것이다.

초혼신은 숱한 세월을 내려오며 깨어 있는 시간보다 잠을 자는 시간이 더 많았다. 하지만 한 번씩 보여주는 능력은, 그를 탐탁지 않게 여기는 공대문이 놀라자빠질 정도로 대단했다.

비록 사도(邪道)라 불리지만, 술가에서 최강의 문파는 초혼방이었다.

그 초혼방이 이제 멸망의 길을 걷고 있었다.

단 한 번의 호기심 때문에. 단 한 번의 흔들림 때문에.

'이놈. 천도(天道)는 결국 그리 흐르는 것이다. 이제야 네놈이 저승으로 가는구나.'

기분이 흡족해진다.

도대체 몇 년을 초혼신의 수발을 들었는가. 몇 년 동안이나 그의 밑에서 고개를 조아렸는가.

그를 위해서 몇 년 동안이나 문을 지켰는가.

초혼방의 부방주라는, 참으로 모욕적인 직책으로 살아온 세월도 수십 년이 흘렀다. 유일하게 초혼의 영력을 받지 않은 이로서, 혼주들의 눈총을 받은 세월을 생각하면 마랑이 도달하기도 전에 혼주들을 박살 내고 싶었다.

'하지만 내가 굳이 손을 쓸 필요는 없겠지.'

놈들의 최후를 목도하진 못하지만, 수십 년 동안 꼭꼭 뭉쳐진 응어리가 확 풀어지는 느낌이었다.

"차후 십 년이다. 십 년 이후에는 우리가 천하제일이 될 수 있다. 기억하고 있느냐?"

"물론입니다."

"그때를 위해서 정진, 또 정진하거라. 너는 본문의 미래다. 쓸데없는 잡일은 이 애비가 다 맡아서 하마. 너는 그때를 위하여 날갯짓을 연습해 두면 된다."

"예."

"그래. 오늘 수고가 많았다. 이만 물러나거라."

공령은 고개를 한 번 더 푹 숙인 후 총총걸음으로

물러났다.

　공대문의 기특한 눈빛을 받으며 물러나는 공령이다.

　하지만 고개 숙인 공령의 눈을 봤다면, 공대문은 결
코 그런 시선으로 아들을 바라보지 않았을 것이다.

　몸을 돌려 대전을 나가는 공령.

　그의 눈동자에 서린 독기는 어느새 싹 사라져 있었
다. 텅 빈 눈동자를 메우는 것은 허망함뿐이었다.

　'죄송합니다, 아버지.'

＊　　　　　＊　　　　　＊

　천지비역에서 벗어난 지 얼마나 지났을까.

　열 시진이나 지났을까?

　정확한 건 알 수 없었다. 다만 새벽의 동이 틈과 동
시에 뛰쳐나간 일행은 중천에 뜬 태양을 보았고 기울
어지는 햇살 너머의 노을을 보았다.

　그리고 다시 밤이 찾아왔다.

　"헉헉."

　옥인의 입에서 거친 숨소리가 흘러나왔다.

　내공을 휘돌려 호흡을 정리하려 했지만 그것만으로

는 수습이 되질 않는다.

 벽란 역시 피로가 가득한 눈으로 옥인을 바라보았
다. 옥인만큼은 아니었지만 벽란 역시 크게 무리를 한
상황이었다. 당장 쓰러지고 싶은 육신을 억지로 이끈
지 한참이었다.

 "옥인 도사님, 괜찮으신가요?"

 "헉헉. 괜찮습니다."

 괜찮을 리가 없었다.

 혼주들의 공격은 지독했다.

 어떤 술법을 쓰는지 뻔히 알고 있음에도 당할 수밖
에 없었다. 이유인즉, 그때까지도 쓰러지지 않고 미친
듯이 달려드는 술사들 때문이었다.

 정확히는 이혼주(二魂主)의 능력 때문이었다.

 생사를 도외시하고 모든 힘을 폭주시킬 경우, 이혼
주는 막 죽은 시신들까지 조종할 수 있었다.

 일시적으로 강시에 가깝도록 시신을 조종할 수 있는
자.

 이혼주는 끊임없이 사자(死者)들을 일으켜 일행의
길목을 막았다. 삼혼주는 흔들리는 술력으로도 순간
적인 진법을 구사, 일행의 오감에 혼란을 주었고 사

혼주(四魂主)는 그 사이로 미친 듯이 파괴 술법을 퍼부어 댔다.

만일 벽란이 없었다면, 그녀의 적절한 대처가 없었다면 강비조차도 치명상을 입었을 터였다.

중간에 칠혼주와 팔혼주가 죽어나가지 않았다면 더 힘든 싸움이 되었을 것이다. 구혼주는 이미 진즉 죽어 하남에 이르지도 못한 것 같았다.

오혼주와 육혼주는 어디로 갔는지 알 수가 없었다. 하지만 싸움이 너무 격해져서 나중에는 그들에게 신경도 쓰질 못했다.

벽란은 옥인의 등으로 시선을 던졌다.

옥인의 등은 피투성이가 되어 있었다. 칠혼주가 죽으면서 자폭에 가까운 공격을 시도했기에, 그것을 막느라 입은 상처였다.

'심각해.'

저런 상처를 입고도 지금까지 검을 휘둘렀다는 것 하나만으로도 찬사를 받아 마땅했다.

중간에 등효와 역할을 바꾸려 했지만, 옥인은 철저하게 거부했다. 전투를 벌일 힘도 없어 두 다리만 놀릴 수 있을 때, 그때까지 버티겠다는 것이었다.

그녀는 옥인의 다짐을 느낄 수 있었다.

쓸데없는 오기가 아니었다. 그때까지 등효가 최대한 내공을 회복하길 바래서였다.

적당한 체력의 두 명보다, 한 명의 온전한 무인이 더욱 강력한 힘을 발휘할 수 있다는 걸 옥인은 잘 알고 있었다. 숫자 싸움이라면 모르되, 도주하는 입장에서는 그게 최선이었다.

등효의 눈 역시 옥인을 향했다.

옥인은 이를 악물고 버텨냈다. 아마 당장 주저앉고 싶을 것이다.

등효는 아무 말없이 고개를 돌렸다.

계속 보고 있으면 고함이라도 지를 것 같았다.

'내가 할 수 있는 일에 충실하자. 아직은 때가 아니야.'

일행을 믿는다. 지금은 믿어야 할 때였다.

퍼어어엉!

강비의 사모창이 한 번 휘둘러질 때마다 앞길을 막는 사자들의 몸이 박살이 났다.

"헉. 헉."

강비라고 무사한 게 아니었다.

이혼주의 사자술과 사혼주의 파괴 술법, 삼혼주의 진법까지 거의 모든 술법이 전방을 향해 있었다. 첨단부가 무너지면 이쪽의 전투진도 크게 흔들릴 것이라는 것을 혼주들도 아는 것이다.

강비는 모든 술법을 힘으로 막아냈다.

초혼신의 술법이 아니기에, 혼주들의 술법이 오히려 그의 체력과 진기를 더욱 깎아먹고 있었다. 한 번씩 부딪칠 때마다 내상이 유발되었고 내공의 소모는 시간이 갈수록 가속화되었다.

'힘들군.'

지친다.

그냥 무인들 간의 싸움이라면 몇 날 며칠이라도 환영이다. 굳이 피는 보기 싫지만, 어쩔 수 없는 싸움이라면 피할 생각도 없었다.

하지만 술사들과의 전쟁은 달랐다.

축적되는 충격은 둘째 치고, 심력 소모가 극심했다. 심안으로 예측을 해도 언제 어떤 술법이 날아올지 파악이 되질 않았다. 그리고 그것은 진기가 소모되면 소모될수록 심각해져만 갔다.

벽란이 간간이 도움을 주지 않았다면 버텨내지 못했

으리라.

정작 벽란 역시도 제대로 술법을 구사하지 못하고 있었다. 봉신안으로 쏟아낸 술력이 뒤늦게야 기력을 빼앗아가고 있는 것이다.

'더 노력했어야 했어.'

지금에 와서 의미 없는 후회였지만 상황이 이러니 절로 후회가 된다. 아직 제 것으로 소화하지 못한 빙백혼의 신기가 안타까울 뿐이었다.

충분히 열심히 했다고 생각했지만, 어떻게 해서든 더 노력했으면 지금 이런 상황까지 오지 않았을 거란 생각이 들었다.

쾌아앙!

다시 한 번 폭음이 울렸다.

강비의 몸이 주춤했지만, 주춤하기가 무섭게 다시 전방으로 질주했다. 그 뒤를 따르는 일행 역시 어떻게 해서든 강비의 뒤를 잡고 따랐다.

등효를 제외한 일행 전부가 지칠 대로 지친 상황이었다. 질주하는 강비도 강비지만 벽란과 옥인은 다리를 놀리는 것조차도 힘에 겨운 기색이었다.

그렇다고 멈출 수도 없다. 돌파가 아니더라도 이동

중의 전투가 차라리 손쉽다. 한 영역에 몰리는 순간
누구 하나는 확실하게 죽어나갈 것이다.

퍼어억!

두 명의 사자들이 그대로 핏물이 되어 스러졌다.

그리 지친 와중에도 나아가는 창술에는 힘이 줄지
않은 듯했다. 일격, 일격에 시신들의 몸이 박살이 나
고 있었다.

목을 베어도 일어나서 공격을 하니 별수가 없었다.
완전히 육신을 박살 내지 않는 이상, 사자들은 계속해
서 일행을 덮쳤다.

"커허어억!"

벽란의 눈이 번쩍였다.

좌측에서 계속해서 달려오던 사혼주가 가슴을 움켜
쥐고 있었다.

사아아악.

풍기는 기세가 심상치 않다.

미약하기만 했던 생기가, 사기(死氣)로 전환이 된
다.

그에게도 한계가 온 것이다. 이혼주와 삼혼주보다
실력이 처지는 사혼주였기에, 죽음에 이르는 속도 역

시 빠를 수밖에 없었다.

하지만 아무리 그래도 너무 갑작스럽다. 정확하게
말하자면, 너무 지쳐서 그쪽에 제대로 신경을 쓰지 못
했다. 그건 벽란도, 옥인도 마찬가지였다.

사혼주의 두 눈에 혈광이 번뜩였다.

완전히 이지를 상실한 모습. 광기만이 그곳에 남는
다.

'안 돼! 빨리 제지하지 않으면……'

벽란의 손에 얼마 남지 않은 부적 한 장이 들렸다.
천지비역을 구사하면서 거의 모든 부적을 소모했기에
남은 부적은 서너 장에 불과했다.

그중 하나를 쓸 정도로 급박한 상황.

사혼주가 미친 듯이 질주하는 방향에 바로 강비가
있었기 때문이다.

강비의 눈이 떨려왔다.

사자 셋을 일거에 폭사시킨 이후, 곧바로 전면까지
도달한 사혼주였다. 죽기 직전 원정을 완전하게 개방
한 듯 놀랍기 짝이 없는 속도였다. 훅 치고 들어오는
데, 깜짝 놀랄 만큼의 속도요, 기세다.

사혼주의 몸에서 빛이 새어 나왔다.

후방에서 폭사했던 칠혼주와 같다. 사혼주 역시 자폭을 시도하려는 것이다.

"제기랄!!"

조금.

아주 조금 늦었다.

평소라면 절대로 틈을 보이지 않을 그였다. 그러나 그 역시 너무 지쳤기에, 찰나의 틈을 놓치고야 만 것이다.

'등효, 벽란, 옥인.'

잘못하면 그들까지 폭발에 휩쓸린다.

'그렇게는 안 되지!'

강비는 패왕진기를 바닥에서부터 끌어 올렸다. 극한에 극한까지 뽑아내는 기운이었다.

콰아아앙!!

"커헉!"

폭음, 그리고 폭음을 뚫은 비명.

일행은 순간적으로 발산되는 압력에 뒤로 확 밀려나 버렸다. 진기의 방벽이 전면을 가득 메웠음에도 폭발력이 얼마나 강했는지 일행 중 가장 멀쩡한 등효조차 일 장 이상을 물러나야만 했다.

얼굴을 가렸던 등효가 순간 눈을 부릅떴다.

"강 형!"

옥인을 부축하던 벽란 역시 경악 어린 눈으로 전면을 바라보았다.

그곳에 강비가 있었다.

용케도 그 폭발에서 죽지 않은 강비가 있었다.

그러나 피투성이가 된 강비였다.

사모창의 창날로 사혼주의 목줄기를 먼저 따버렸지만, 폭발을 완전하게 막지 못한 그가 등을 돌려 최대한 진기의 막을 세운 것이다.

전면이었다면 시각부터 흉골, 손까지 죄다 박살이 났을 터. 본능적인 판단으로 최악의 사태는 면했다.

"쿨럭."

한 번의 토혈을 했는데 다시 피를 토한다.

그의 등효는 재빨리 다가와 그의 등을 살폈다.

'지독하다.'

진기의 힘이 조금만 약했다면 척추가 다 으스러졌을 것이다.

하지만 지금도 충분히 심각하다. 벌건 근육이 다 보일 만큼 찢겨 나간 등이었다. 범부라면 상처를 입는 순간 고통의 충격으로 죽었을 만큼 끔찍한 상처였다.

순간적인 반응력이 뛰어나 청목검까지 방어로 돌렸으나 그거로도 부족했다.

더 심각한 건 내상이었다.

그렇지 않아도 무리한 상황에서 치명적인 내상을 입었다. 안색은 시퍼렇게 죽었고 단단하게 육신을 지켜주었던 패왕진기는 연기처럼 픽픽 일다가 수그러들기를 반복했다.

완전히 박살이 났다 해도 과언이 아니다. 숱한 전투에서 일행의 첨단을 막았던 강비, 일행 최고의 전투력을 가진 이가 한순간에 힘을 잃었다.

벽란은 옥인을 부축해 강비의 곁에 섰다.

등효는 남궁표를 내려놓았다.

"내가 막겠소."

이제는 별수가 없다. 강비는 물론이거니와 옥인 역시 지쳐서 제대로 된 무공을 구사할 수가 없게 되었다.

"제가 도울게요."

"벽 소저는 강 형을 치료하시오. 응급조치라도 취하

시오."

옳은 말이었다. 벽란은 입술을 깨물며 남은 힘을 모았다.

어쩔 수 없다. 등효를 도와 최대한 이혼주와 삼혼주를 물리치는 게 이득이겠지만 그렇게 되면 강비가 죽는다.

이대로 놔두면 강비는 정말로 죽는다. 지금껏 보아왔던 어떤 때보다도 심각한 상처였다.

강비는 힘없이 손을 저었다.

벽란은 그 손짓이 자신을 내버려두라는 손짓임을 알고 있었다. 등효를 도우라는 손짓임을 깨달았다.

얼마나 심각하게 다쳤으면 입조차 열지 못하는가.

'미안해요, 강 공자.'

그녀는 강비가 원하는 대로 움직여줄 수 없었다. 강비가 죽어나가는 꼴을 볼 수가 없었다.

그건 등효도, 옥인도 마찬가지이리라.

이혼주와 삼혼주의 두 눈이 번뜩였다.

광기에 거의 잠식당한 눈이었다. 그들의 눈은 정확하게 남궁표를 향해 있었다. 그리 제정신이 아닌 상황에서도 초혼신이 어디에 봉인당해 있는지 깨달은 모양이다.

콰아앙!

두 혼주의 시선이 등효에게로 향했다.

한 번의 진각으로 혼주들의 시선을 자신에게로 돌린 등효다.

"어차피 싸우겠다고 다짐은 했다만, 너흰 진짜 내 손에 죽어야겠다."

줄기줄기 뻗어나가는 태산의 살기다.

막강한 기도. 정말 눈앞에 거대한 산맥이 솟구친 듯한 기분이 들 정도였다.

일행 최후의 전력은, 최후를 맡길 정도로 강인했다.

삼혼주의 손이 등효를 가리켰다.

사사사삭.

한순간 오감을 뒤흔들어 버리는 실력. 여전했다. 술력을 점점 소모해 가고 있었지만 그의 술법 경지 자체는 변함이 없었다.

등효의 입에서 사자후가 터져 나온 것은 그때였다.

"갈(喝)!!"

우르르릉.

엄청난 목소리에 공기가 미친 듯이 떨려왔다.

불문의 사자후가 대단한 항마력을 가졌다고 하지만, 파괴력만큼은 등효의 사자후에 감히 비할 수 없을 것이다.

그의 외침은 절정에 달한 음공과도 같아서, 두 혼주의 몸을 뒤로 획 밀어버리기까지 했다.

음파로 사람을 밀어버리는 내공.

그것이 바로 지금까지 힘을 모은 등효의 진짜 실력이었다.

혼주들이 물러남과 동시에 등효의 주먹이 연달아 허공을 갈랐다.

빛살과도 같은 속도.

진악팔권의 절대권공 중 마지막 팔권을 제한 일곱 초식이 한꺼번에 쏟아지는 것이다.

콰르릉. 콰르르릉.

엄청난 폭음을 동반한 권격이었다.

한순간에 쏟아내는 내공의 총량이 엄청나다. 억지로 파괴력을 발산하기 위해 천주산왕공, 부동산맥공을 극한까지 끌어 올린 그였다.

혈맥이 터질 것처럼 부풀고, 쏟아져 나가는 내공 때

문에 혈도가 찢어질 것만 같았다.

그래도 버틴다. 등효의 얼굴이 시뻘겋게 달아올랐
다.

단 한 번의 공격에 칠 할의 내공이 담겨 있었다. 모
았던 공력 태반이 진악팔권의 경력으로 화한다.

퍼어어어엉!

산을 허물 듯한 굉음은 나지 않았다. 그저 한 번의
폭음, 그것으로 끝이었다.

진법과 술법으로 약간의 왜곡을 만들어 팔 하나가
날아가 버린 삼혼주와 달리 이혼주는 형체조차 남기지
못하고 피 안개가 되어 사라져 버렸다.

"헉. 헉."

등효의 핏발 선 눈이 삼혼주를 향했다.

광천사자후(光天獅子吼) 이후, 빈틈을 보인 그들을
한꺼번에 몰살시키기 위해 혈도가 찢어질 것을 각오하
고 무리한 공격을 감행했지만 정작 죽일 수 있었던 건
이혼주 하나뿐이었다.

팔 하나가 날아간 삼혼주는 고통조차 느끼지 않는
듯했다.

'그래도 죽인다.'

남궁표를 업고 달려오며 얼마나 속이 탔는지 모른다. 몇 번이나 들었던 주먹을 허리춤으로 내렸다. 그만큼 그들을 믿었던 것이다.

그런 동료들이 지금 모두 지쳐서 쓰러져 있었다.

용서할 수 없었다.

우르르릉.

다시 한 번 쳐든 주먹에, 천주산왕공의 막강한 기운이 집결했다.

삼혼주의 광기 어린 눈이 주춤거렸다.

아무리 광기에 사로잡혀도 등효의 주먹에서 이는 기파를 무시할 수 없는 것이다. 시간이 지날수록 영력이 빠르게 소모되기에, 더더욱 위축될 수밖에 없다.

기어이 마지막으로 도달한 싸움이다.

기나긴 싸움의 마지막. 등효와 삼혼주 사이로 적막한 바람이 불었다.

그때였다.

우우우우!

저 멀리서 섬뜩한 울음소리가 울렸다.

벽란은 놀라서 저 머나먼 전방을 바라보았다.

"설마?!"

왜 지금까지 몰랐을까?

이토록 거대한 마기의 흐름을 왜 잡아내지 못했을까?

시커먼 뭔가가 단체로 몰려오고 있었다.

얼마나 많은지 수를 헤아릴 수가 없다. 사오백은 너끈히 넘을 것이고, 대충 집기만 해도 칠팔백은 된다.

거의 천여 마리에 가까운 늑대들이 이곳을 향해 질주하고 있었다.

그것도 한 마리, 한 마리가 황소에 필적할 만한 크기의 괴물들이다. 한 마리, 한 마리가 절정고수에 비할 만한 마기를 풍겨 대고 있었다.

"마랑!!"

신마주의 권속.

마기로 제련이 된 최악의 마물들.

한두 마리가 아니라 수백 마리가 개미떼처럼 몰려오는 광경은 오금이 다 저릴 지경이었다. 그들이 내뿜는 마기와 살기 때문에 피부가 갈라질 것만 같았다.

벽란의 두 눈에 절망이 어렸다.

옥인 역시 침중하게 굳은 눈으로 천라검을 고쳐 쥘 뿐이었다.

등효 역시 이를 악물었다. 등 뒤에서 느껴지는 어마어마한 마기의 파동을, 그 역시 알아챈 것이다.

'살아나갈 수 없는 건가.'

마기와 살기의 목표물은 섬뜩하리만치 정확했다.

이쪽을 향한다.

이쪽에 있는 모든 생기(生氣)를 목표로 달려오고 있었다.

한순간 일어난 마기의 파동이 너무 대단해서였을까. 등효의 감각이 삼혼주의 눈빛을 한순간 놓쳐 버리고야 말았다.

그만큼 많은 내공을 소모했기 때문에, 평소라면 놓치지 않을 흐름을 놓친 것이다.

'아차!'

후우우웅.

무림인의 신법과는 전혀 다르다. 하지만 빠르다. 삼혼주의 신형이, 삼혼주의 손이 남궁표를 향해 쫙 뻗어 있었다.

그의 손아귀에 어린 것은 시뻘건 불꽃이었다.

축융강림의 화기와 비교하자면 너무나도 왜소했지만, 사람 하나를 불태워 죽이기에는 넘치도록 과한 기운이었다.

이 자리에서 초혼신이 해방된다 한들, 삼혼주가 살길은 없을 것이다.

그래도 그는 손을 뻗어 초혼신을 해방시키려 하고 있었다. 그릇을 깨버리려 하고 있었다.

"안 돼!"

등효의 주먹이 허공을 갈랐다.

퍼어어억!

진한 핏물이 등효의 전신을 뒤덮었다.

'뭐야? 무슨 일이 생긴 거야?'

그의 주먹질로 인해 삼혼주의 머리통이 날아갔다.

하지만 그보다 전에, 한 줄기 시퍼런 검광이 날아와 삼혼주의 손목을 끊고 관자를 뚫었으며 심맥까지 파열시켰다. 그야말로 무시무시한 쾌검이었다.

"누구냐!"

벽란이 남은 세 장의 부적을 꺼내고, 옥인 역시 후들거리는 손으로 천라검을 쥐었다.

등효의 굳센 눈이 사방을 훑는다.

하지만 아무것도 걸리는 게 없었다. 보이는 것도 없었고 기감에 잡히는 것도 없었다.

"짐승 주제에 꽤 살벌한 기운을 풍기는군."

모두의 시선이 강비의 뒤쪽을 향했다.

그곳에는 한 명의 사내가 검을 쥔 채로 등을 돌리고 있었다.

육척에 이르는 장신. 호리호리한 몸에 펄럭이는 장포가 묘하게 잘 어울리는 중년인이었다.

옷차림도, 손에 쥔 검도 모두 잘 어울린다. 잘 생긴 얼굴은 아니지만, 한 폭의 그림과도 같은 광경이었다. 흩날리는 머리카락에 잔잔한 눈빛도 사람의 시선을 그대로 잡아끄는 마력이 있었다.

등효의 눈이 깊어졌다.

'강자다.'

대단한 강자다.

'정면 승부로는 내가 위. 하지만……'

저 사내는 이곳에 있는 누구도 느끼지 못한 움직임으로 강비의 뒤에서 나타났다.

살수라고 하기에는 지나치게 현현한 분위기였다. 하지만 살수가 아니라면 이런 놀라운 은신술을 설명할

길이 없었다. 아무리 지쳤다 한들 일행 중 누구도 그의 존재를 깨닫지 못했으니.

중년인의 시선이 강비에게로 향했다.

참으로 읽기 쉽지 않은 눈빛이었다. 하지만 일행은 그를 함부로 대할 수 없었다.

눈은 모호하되 천천히 드러나는 분위기가 그들의 행동을 제약했기 때문이다.

그 분위기에서 느껴지는 감정.

"가관도 이런 가관이 없군."

강비의 고개가 들썩였다.

어떻게든 목을 들려고 하지만 힘이 없어 들 수가 없는 것이다.

"이 년 만에 나타나준 형님인데 얼굴 정도는 들어보는 게 어떠냐."

냉혹함과 다정함이 동시에 느껴지는 말투다.

강비의 몸이 덜컥거렸다.

덜덜 떨면서 기어이 올라가는 강비의 머리다.

그의 흐릿한 눈동자에, 중년인의 얼굴이 그대로 박혔다.

"…이운."

"운 형님이라고 불러라."

벽란의 눈이 크게 뜨였다.

"암천루 무혼조?!"

암천루에서 수련을 할 때 몇 번 들었던 이름이었다.

이운.

암검을 구사하는 무혼조 소속의 검객.

제대로 암검을 펼쳐 내면, 구파의 원로고수들이라 할지라도 생존을 장담할 수 없다는 어둠의 검사.

이운의 시선이 벽란에게 향했다.

"당신이 벽란인가?"

"네? 아, 네!"

"항상 눈을 감고 있다고 하더니만, 소문과는 다르군. 하긴, 뜨는 게 나아 보이긴 해."

농담인지 진담인지 파악하기가 어렵다.

이운의 눈이 옥인에게 닿았다.

그의 눈에 기광이 떠오른다.

"놀라운 검사로군. 그 나이에 그 정도라, 천재로군."

마지막으로 등효에게 닿는다.

"대단해. 세 사람 다 나보다 월등히 뛰어나. 정면에 선 감당하기 힘들겠어."

느닷없이 나타나 각각의 사람에게 평가를 내리는 것 같았다.

세 사람이 이운에게 고개를 숙였다.

"등효라 하오."

"벽란이에요."

"옥인입니다."

이운의 흐릿한 눈에 작은 기광이 떠올렸다.

세 천재 고수들의 인사, 제아무리 이운이라도 꼿꼿하게 받기가 어렵다.

검을 역수로 쥔 그가 포권을 취했다.

"이운이오. 무혼조 소속이오."

이운의 눈이 강비에게로 향했다.

어느새 강비는 정신을 잃었는지, 무릎을 꿇은 채로 목을 푹 숙이고 있었다.

"이 녀석을 돌봐주느라 애썼소이다."

며칠 동안 사지를 뚫고 이곳까지 도달한 이들에게 할 말치고는 무척이나 담백했다.

이운은 천천히 무릎을 꿇고 강비의 맥문을 쥐었다.

흐릿한 눈동자에 다시 한 번 광채가 인다.

"위험하군."

압도적인 등장 때문에 정신을 놓고 있었다. 벽란은 재빨리 강비에게 다가갔다.

이운의 말대로였다.

아무리 신공이 대단하고 진기가 막강해도 무리다. 오장육부 전체가 뒤틀릴 정도로 심각한 상처다. 실상 그것만 해도 죽지 않은 게 신기할 지경이다.

더불어 등 전체를 아우르는 상처는 보기만 해도 끔찍하다.

"당신, 이 녀석을 치료할 수 있소?"

"응급처치는 가능해요."

"조금이라도 회복시켜 놓는 것이 좋을 것 같소."

이 자리에서 회복시켜라.

이운의 말은 그와 같았다.

그들 세 사람보다 무공이 낮은 이가 분명함에도, 이상하게 거부할 수 없다. 위엄은 아니지만, 결코 거절해선 안 될 것처럼 말 한마디, 한마디에서 풍기는 힘이 강했다.

벽란은 기력을 쥐어짜 술법을 발동했다.

효과가 좋은 술법을 펼칠 힘도 없었지만, 강비의 상세가 너무 심각해서 강한 술법을 버티기가 힘들 것이다. 그녀는 천천히, 급하지 않은 손길로 그의 가슴을 문질렀다.

새하얀 손 너머로 부드러운 기운이 중단전을 거쳐 상단과 하단으로 나뉜다. 일단 자체적인 저항력을 키우고 내부 출혈과 탁기를 몰아내려는 것이다.

등효는 초조한 눈으로 늑대 무리들을 바라보았다.

"여기서 치료해도 괜찮겠소?"

멀리 떨어져 있었지만 달려오는 속도가 무척이나 빠르고 일정하다. 일각이 채 되지 않아 이곳에 당도할 것만 같았다.

이운은 등효를 바라보다가 피식 웃었다.

"많이 당하긴 당했나보군."

"무슨 말이오?"

"나 혼자 이곳에 온 게 아니오."

"……?"

어리둥절한 등효와 달리, 옥인의 눈은 점차 커져만 갔다.

"누군가가 오고 있습니다. 멀리서요."

등효 역시 기감을 증폭시켰다.

옥인의 말대로였다.

이곳을 향해 무서운 속도로 달려오는 이들이 있었다. 그야말로 전속력으로 달린다는 느낌이었다.

'도대체 누가?'

하지만 다가오는 기운들이 하나같이 맑고 정심하다. 급박한 느낌은 강하지만 적의는 찾아볼 수가 없다.

아니다.

적의가 있다.

일행을 향해서가 아닌, 꿈틀대며 몰려오는 저 늑대들을 향한 적의였다. 적의를 넘어선 살의였다.

휘이이잉!

그들 중 가장 먼저 도착한 사람은 훤칠한 키의 여인이었다.

"늦었나? 아니네. 아주 늦진 않은 모양이네."

이마에 땀을 훔치며 터덜터덜 걸어오는 여인.

삼십이 넘은 나이 같은데, 성숙한 매력이 물씬 풍기는 미녀다. 허리춤에는 길고 얇은 두 자루의 기형도(奇形刀)가 달랑이고 있었다.

이운이 슬쩍 그녀를 바라보았다.

"왔나?"

"뭐야? 역시 당신이었나?"

"오라비라고 해라."

"오라비는 무슨. 나도 우리 엄마아빠 얼굴을 못 봤
는데."

이운은 코웃음을 치며 고개를 돌렸다.

여인은 걱정스러운 눈으로 강비를 바라보다가, 이내
표정을 바꾸곤 등효의 어깨를 찰싹 때렸다.

"어머나, 덩치가 좋네. 나는 큼직큼직한 사람이 좋
더라. 오라버니는 이름이 뭐야?"

등효의 얼굴이 멍해졌다.

느닷없이 나타난 시원한 인상의 미녀가, 말하는 건
또 독특하기 짝이 없다. 뭔가 닳고 닳은 기녀 같기도
하고 시원시원한 사내 같기도 하다.

적어도 정상적이진 않아 보인다.

"…등효라 하오만."

"등효? 아, 오라버니가 등효야? 얘기는 많이 들었
어. 우리 숙소에서 서문 어르신한테 좀 배웠다며?"

"에? 아, 그렇소만."

"확실히 제대로 배웠나보네. 지쳤는데도 이 정도면,

평상시에는 아주 묵직하니 좋겠어. 응?"

탐욕스러운 눈으로 위아래를 훑어보는데, 기분이 나쁘다기보다는 부담스럽기 짝이 없다.

옥인도 그녀를 향해 인사를 건넸다. 이토록 급박한 상황에서도 예의를 잃지 않는 그다.

"옥인이라 합니다."

"어? 이쪽은 또 엄청 어리네? 몇 살이야?"

"예? 저는 스물……."

"뭐야. 역시 내가 누나네. 누나라고 불러. 알았지?"

"아, 예."

여인은 함초롬히 웃었다.

"누나는 유소화라고 해. 들어봤어?"

"죄송합니다. 제가 견식이 짧아……."

"괜찮아. 그럴 수 있어. 옥인이라고 했지? 귀엽네."

"가, 감사합니다."

순진한 사내를 다루는 능력이 거의 절정고수급이다.

이운도 그렇고 유소화도 그렇고 묘하게 대하기가 어려운 작자들이었다. 말투나 행동의 독특함을 떠나, 그 분위기가 그러했다.

유소화의 눈이 벽란을 향했다.

벽란은 누가 나타났는지도 모르고 집중하고 있었다.

유소화는 천천히 주저앉아 강비의 얼굴을 살폈다.

"비아 얼굴이 많이 상했네."

혼잣말에 가까운 중얼거림.

그러나 등효와 옥인은 그녀의 목소리를 들으며 오싹, 소름이 돋는 걸 느꼈다.

분명히 그들보다는 하수였다.

하지만 목소리에 서린 냉기가 상상을 초월했다. 어떠한 적의보다도 뜨겁고 어떠한 살의보다도 진득한 냉기다.

유소화의 눈이 삼혼주의 시신에 닿았다.

머리가 박살 나고 한쪽 팔이 사라진 시신이었다.

저벅저벅 시신으로 걸어가는 유소화.

퍼버벅!

등효와 옥인의 눈이 찢어질 듯커졌다.

삼혼주의 시신에 다가선 유소화가 쌍도를 꺼내더니, 미치도록 난도질을 해 댔다. 그것도 거의 촌(寸) 단위로 분해에 가까운 난도질이었다.

빠르고도 빠른 무공. 굉장한 쾌도술이었다.

한순간에 삼혼주의 시신을 어육으로 만들어 버린 유소화가 냉정하게 말했다.

"죽은 것들로는 분이 안 풀려."

무시무시한 언사였다.

등효는 침을 꿀꺽 삼켰다.

'뭐야, 이 사람들?'

다들 상상을 초월하는 뭔가가 있다. 유소화의 거친 행동을 막지 못한 것도, 그들 특유의 분위기 때문이었다.

무공은 약하지만 함부로 할 수 없는 자들.

기괴한 행동에, 기괴한 말투.

적어도 등효나 옥인의 상식선에서 이해할 수 있는 자들이 아니었다.

"끌끌. 그놈의 성질머리는 아직도 고쳐 먹질 못했구만."

모두의 시선이 목소리의 근원지로 향했다.

새하얀 옷을 펄럭이며 신선처럼 나타난 노인.

유소화의 얼굴이 환해졌다. 시체 하나를 난도질 친

사람이라고는 생각하지 못할 정도로 급변하는 표정이었다.

"서문 어르신!"

폴짝 폴짝 뛰는 게 이번에는 소녀와 같았다.

이운은 서문종신을 향해 깊게 읍했다. 말은 없었지만 어떠한 인사보다도 정중해 보였다.

"어르신……."

익숙한 사람의 등장이었다.

등효의 눈에 감격의 빛이 어렸다.

"음? 자식, 누가 덩치 아니랄까 봐 개중에 제일 멀쩡해 뵈는군. 근데 왼팔에 그거 뭐냐?"

"예?"

"왜 이상한 불씨를 매달고 다니냔 말이야. 빨랑빨랑 털어내지 않고."

한눈에 상세를 파악한다. 과연 무신이라 불릴 만하다. 서문종신의 힘은 그처럼 높기만 했다.

"제가 모자란 탓이지요."

"네가 모자라면 이놈들은 다 죽어야지. 그거 나중에 꼭 완치시켜라. 놔두면 탈난다."

"명심하겠습니다."

서문종신의 눈이 강비에게로 향했다.

"반 시체로군."

그 한 번으로 더 이상 강비에게 시선을 주지 않는다.

하지만 등효는 알 수 있었다. 서문종신의 눈동자 깊은 곳에서 솟구치는, 끝을 알 수 없는 분노를.

"하여간 마음에 안 들어, 술사라는 놈들은."

서문종신 역시 한 번 당한바가 있다.

그 위협에서 그를 구해준 것이 강비요, 등효며 벽란이고 옥인이었다.

한데 이번에는 그 때려죽일 것들이 강비를 초주검으로 만들어 놓지 않았나.

펄럭.

가만히 서 있는데도 서문종신의 몸에서 바람이 일었다.

차가운 겨울바람이 아닌, 뜨거운 열풍이었다. 눈살을 한 번 찌푸리는 것만으로도 바람의 온도가 뒤바뀌었다.

"어르신!"

저 멀리서, 또 한 명 다가온다.

칼 한 자루를 방만하게 건 남자였다. 등효와 비슷한 연배로 보이는, 평범한 체격의 사내다.

"너도 왔냐?"

"당연히 와야지요! 오랜만에 뵙습니다."

"그랴."

휙 하니 나타난 남자는 바로 하일상이었다.

그의 시선이 주변을 훑더니 대번에 강비에게로 향했다.

"얼마나 다쳤어? 뭐야? 거의 다 죽어가잖아?!"

하일상은 이를 갈았다.

"어떤 개 같은 새끼들이!"

나타난 이들 중 가장 솔직한 분노를 터트리는 사람이었다.

유소화는 어깨를 으쓱였다.

"그중 하나는 걸레로 만들어놨으니까 너무 열 내지는 마."

"열 내지 마라니! 야! 그리고 너는 인마, 오라비라고 부르라니까 예전부터 꼭⋯⋯."

"확, 한 칼 날리기 전에 입 다물어."

표독스럽게 노려보니 하일상도 별수 없었던 모양이

다. 목을 다듬더니 몸을 슬그머니 돌린다.

등효는 헛웃음을 지었다.

그래도 뭔가 가장 익숙한 인간 유형인 줄 알았더니, 딱히 그런 것 같지도 않았다.

'그, 다중인격인가 뭔가 하는 그런 건가.'

어쩌면 친하지 않아서 그리 생각할 수도 있겠다. 그래도 굳이 친해지고 싶지는 않았다. 친해지면 괜히 귀찮아질 것 같은 위인이었다.

하지만 등효도 옥인도 가슴 한쪽에서 울컥 올라오는 이 기묘한 감정을 숨기기는 힘들었다.

비록 자신들과 아는 사이는 아니었지만, 동료를 위해서 모든 걸 포기하고 달려온 이들이었다. 사람은 몇 없었지만, 그랬기에 더욱 뜨겁게 달아오르는 가슴이다.

암천루 소속의 진정한 동료들이었다.

하일상이 휘파람을 불었다.

"어쨌든 간만에 다 모였네요. 몇 년 만입니까, 이게? 삼사 년 되지 않았나?"

이운이 조용히 입을 열었다.

"삼 년 칠 개월하고 보름 됐다."

하일상의 얼굴이 구겨졌다.

"댁은 아직도 그런 거 세고 다니는 거야?"

"형이라고 불러라."

"……."

서문종신의 눈이 깊어졌다.

"이제 곧 도달하겠군."

모두가 그의 시선을 따라 늑대 무리에게로 향했다.

하일상이 침중하게 굳은 얼굴로 입을 열었다.

"도대체 뭡니까, 저 늑대들은."

"나도 잘 몰라. 하지만 뭐, 때려죽일 것들이라는 건 잘 알겠다."

"몸뚱이를 보아하니 칼도 잘 안 박힐 것 같은데요."

"새롭지도 않다. 마기를 질질 흘리는 괴물들. 몸뚱이는 도검불침이요, 기세로 압도하려 해도 어찌나 충성심이 강하던지 그냥 물고 드는 것들이잖아. 저런 것들은 뻔하지."

"공략 방법은요?"

"다 때려잡는다. 그거면 돼."

"……."

"왜?"

"저 많은 것들을 싹 다요?"

"그럼 어쩔 거야? 한 마리만 남아도 죽자고 덤벼들 것 같은데 다 없애야지."

확실히 풍기는 마기와 살기를 보면 그럴 것 같았다.

하일상은 한숨을 쉬었다.

"또 병상 신세 지겠군."

"그러게 평소에 수련 열심히 하라니까."

"열심히 했습니다."

"고작 그 정도 성취로 열심히 했단 소리가 나와? 비아 안 보여? 얼마나 독하게 발광을 했으면 벌써 저렇게 컸겠냐?"

서문종신의 핀잔에 하일상이 툴툴거렸다.

"쟤 소림 신승께 가르침을 받았다면서요."

"어쭈? 신승께 가르침을 받으면 넌 저만큼 클 자신은 있고?"

"…쩝."

"에라이 인마. 앞으로 의뢰 쉴 때는 칼 좀 날카롭게 갈아놔. 그러다가 너 천아한테도 따라잡힌다."

"설마요? 제가 그 정도로……."

"천아가 무제께 가르침을 받은 건 알지?"

"……."

"쪽팔리지 않게 좀 잘해라. 무혼조 소속이면서 천아한테 추월당하면 쓰겠어?"

"추월 안 당한다니까요. 왜 저한테만 그러십니까."

"네가 제일 게으르니까."

하일상의 입을 탁 막아버린 서문종신이 고개를 이리저리 털어 댔다.

"휴. 간만에 힘 좀 쓰겠군."

이운이 조용히 물었다.

"어떻게 하시겠습니까? 지금 치시겠습니까?"

"지금 치겠냐고?"

"예."

"아니."

아무리 거리가 좀 남았다 해도 금방이다.

모두의 궁금증 어린 시선이 서문종신을 향했다. 서문종신의 얼굴은 사뭇 여유로웠다.

"하면 어떻게……?"

"우두머리 명령을 따라야지, 뭘 그렇게 급해. 아직 저것들 여기까지 오려면 좀 남았잖아."

우두머리라니, 그게 무슨 소린가?

이곳에서 우두머리라면 서문종신밖에 없잖은가. 헌데 무슨 우두머리를 찾는단 말인가?

서문종신이 피식 웃었다.

"니들 이번 일 끝나면 돌아가서 단련 좀 해 놔라."

"무슨 말씀이신지⋯⋯."

"아직도 모르겠어?"

"예?"

서문종신이 턱짓으로 뒤편을 가리켰다.

"누구보다도 열 받으신 상사가 달려오고 있잖느냐."

"⋯⋯!"

그렇다.

저 머나먼 곳에서부터 무시무시한 속도로 달려오는 한 존재가 있었다.

스스로의 기운을 얼마나 억제해 두었는지, 서문종신이 아니었다면 누구도 그의 출현을 예상하지 못했으리라.

하지만 억제한 기운에도 한계가 있다.

당장이라도 폭발할 듯 이글거리는 기의 농도는 실로 무시무시해서, 한 번 느끼기 시작한 순간 이곳에 있는 모두가 움찔 몸을 떨었다.

화아아악!

해일처럼 다가오는 압도적인 기파.

꽉꽉 뭉쳤기에 더더욱 두려울 수밖에 없는 분노.

그리고 그가 나타났다.

사라라락.

펄럭이는 비단 자락에 바람에 휘날리는 머리카락은 마치 분노 그대로의 형상을 이룬 것만 같았다.

천하삼절 중 일인으로 비천신의 별호를 받은 이이 자, 강호 음지 최고의 세력 암천루의 주인.

바로 진관호였다.

그의 눈이 강비에게로 향했다.

여전히 무릎을 꿇은 채로 고개를 숙인 그다. 아직까지도 정신을 못 차리고 있었다.

벽란 역시 최대한 그의 기운을 살리기 위해 집중하느라 주변에 누가 있는지조차 파악하지 못하고 있었다.

진관호가 천천히 강비에게 걸어갔다.

한눈에 강비의 상태를 살피는 그였다.

'다행이다.'

엄청나게 심각한 상세였지만, 목숨이 끊어지지는 않

았다. 실처럼 얇은 줄을, 저 벽란이 어떻게든 굵게 불리고 있었다.

이대로만 가면 괜찮을 것이다. 회복에 꽤 많은 시간이 걸리겠지만 죽지 않았으니 그걸로 되었다. 천만다행이었다.

등효와 옥인은 침을 삼켰다.

이전에도 진관호를 본 적이 있었지만, 그때의 진관호와 지금의 진관호는 판이하게 달랐다.

무섭게 굳어진 눈빛. 사위를 휩쓰는 존재감.

'엄청나다.'

발산하지 않았을 때는 이 정도일 줄 몰랐다.

충분히 대단한 무인이라고 생각은 했지만, 일대종사에 달한 존재라고 생각은 했지만, 그것조차도 오산이었다. 생각 이상의 힘을 드러내고 있다.

가히 서문종신에 필적할 만한 기파였다. 오히려 활화산처럼 분노했기에 훨씬 거칠어 보인다.

"다 제때 도착했군."

까불거리던 조원들이 진관호 앞에서는 한마디를 하지 못했다.

아니, 하지 않았다.

진관호의 분위기에 눌린 게 아니라, 지금까지 애써 분노를 삭이던 그들이다. 우두머리가 나타나자, 바로 전투태세로 돌변한 그들의 분노는 모조리 늑대들에게 향해 있었다.

"저것들인가?"

혼잣말처럼 중얼거리는 진관호.

그의 눈에 시퍼런 살기가 치솟았다.

"두 분께서는 비아와 벽 소저를 데리고 한쪽으로 피해 있으시오."

돌아보지도 않고 말하는 그다.

등효와 옥인은 요술처럼 그의 말을 따랐다. 아직 힘이 남았고, 전투에 참여하고 싶다고 말하고 싶었지만 도저히 거부할 수 없는 위엄 앞에서 그리 행동할 수밖에 없었다.

그렇게 한쪽으로 피한 그들이다.

진관호의 눈이 무서운 광채를 발했다.

바짝 앞으로 다가온 마랑들. 그리고 그들을 내려다보며 분노를 쏟아내는 암천루 무혼조.

진관호의 입이 천천히 열렸다.

"반 시진 준다."

"……."

"저것들 다 쓸어버려."

차아앙!

제각기 병장기를 뽑아내는 무혼조.

그리고 코앞까지 당도한 광기의 마랑들.

그렇게 무혼조와 마랑대의 미친 전투가 막이 올랐다.

〈『암천루』 제9권에서 계속〉